Hablemos del Amor y del Sexo

Mildred Tengbom

EDITORIAL BETANIA

Ilustraciones de Kent Vanderwaal

P.O. Box 141000
Nashville, TN 37214-1000

Título en inglés: *Talking Together about Love and Sexuality*

Publicado por Bethany House Publishers

ISBN: 0-88113-137-7

Traducido por *Miguel Mesías*

Impreso en EE.UU.
Printed in U.S.A.

E-mail: caribe@editorialcaribe.com

4ª Impresión
www.caribebetania.com

Reconocimientos

Quiero darle las gracias a los jóvenes que hablaron conmigo libremente. También a los asesores de los hogares de grupo, padres, al profesor de ética de una universidad cristiana y al ginecólogo obstetra quienes amablemente leyeron el manuscrito, ofrecieron su crítica y muchas sugerencias útiles.

Prólogo

Muy a menudo los libros sobre la sexualidad escritos por cristianos han sido calificados como «diálogo franco y abierto», pero han mostrado considerable «melindrosidad cristiana». Al andarse por la ramas, dejan a los lectores adivinando su significado. Fueron morales. Pero nunca francos y abiertos.

Mildred Tengbom, felizmente, no ha cometido errores de oscuridad o melindrosidad que yo haya podido descubrir. No puedo pensar sobre un tema sexual pertinente a la educación de adolescentes que no haya sido tratado completa, bíblica y explícitamente. Los padres aprenderán mucho también.

Este es un libro para adolescentes, que contestará preguntas sobre asuntos sexuales. ¿Debe uno participar en caricias íntimas? ¿Son las necesidades sexuales de las mujeres tan grandes como las de los hombres? ¿Qué hay de malo, si acaso, con la masturbación? ¿Cuándo están los muchachos listos para casarse? ¿Qué cualidades debe tener un buen cónyuge? ¿Es pecado el sexo oral? ¿Podemos vivir juntos antes del matrimonio? ¿Por qué no puede uno tener relaciones sexuales con la persona que quiere, y con la cual tiene la intención de casarse? ¿Qué es un condón? ¿Pueden cambiar los homosexuales? ¿Se masturban las chicas tanto como los muchachos? ¿Qué puedes hacer para prevenir el ultraje sexual? ¿Pueden trasmitirse las enfermedades venéreas por medio del sexo oral? Todas estas, y muchas, muchas más dudas son consideradas con franqueza, sensibilidad y lucidez.

El mérito especial de este libro es la manera como se ha diseñado para usarse: para ayudar a los padres a dialogar sobre aspectos sexuales con sus hijos. Sin un recurso como esta obra, las conversaciones sobre el sexo difícilmente tendrían lugar en su círculo familiar o se mantendrían en un nivel superficial, incluso cuando tanto padres como hijos tengan las mejores intenciones.

Padres, ¿se sienten ustedes abochornados al conversar sobre el sexo con sus hijos? Vaya, eso me ocurría a mí en aquellos años cuando nuestros hijos estaban descubriendo su sexualidad. Mi esposa, no obstante, no se avergonzaba. Por esa razón el tema siempre fue algo abierto, a pesar de mi ansiedad irracional sobre el tema en la presencia de mis retoños. Sin embargo, nunca enfocamos la conversación sexual sistemáticamente. Pero creo que si hubiéramos tenido el libro de Tengbom entonces, podríamos haber hecho un mejor trabajo. Resultó que, nuestros hijos recibieron la mayor parte de su conocimiento técnico, en cuanto al sexo, en las escuelas a las que asistían. Hubiera sido mucho mejor que hubieran adquirido toda su instrucción sexual en casa.

Permítanme urgirles a empezar en su propio hogar, no meramente leyendo este libro y poniéndolo en las manos de sus hijos para que lo lean, o, si eres un adolescente, no meramente leyéndolo. Coméntenlo unos con otros en familia, pues con ese fin se concibió. Dios bendecirá a la familia en la cual el Señorío de Cristo se reconoce incluso en el área de la sexualidad.

William Backus
Autor de:
Dígase la verdad

Contenido

Una carta abierta a los padres

Queridos padres:

Ustedes quieren a sus hijos. Más que cualquier otra cosa ustedes esperan que «ellos lleguen a ser personas de bien».

Ahora están casi en la escuela secundaria, o ya lo están. Usted tiembla un poquito y se pregunta si estará a la altura de los años futuros. ¿Cómo sabrá cuándo hacerse a un lado y cuándo continuar como padre? ¿Cuán estricto debe ser? ¿Cuántas reglas debe obligar a que se cumplan? «Si simplemente quiero a mis hijos y confío en ellos, ¿no resultarán personas de bien?», pregunta usted.

Tal vez sí. Tal vez no.

Una de las más grandes equivocaciones que puede hacer es no hablar con ellos sobre el amor y el sexo.

Casi puedo ver cómo se pone de tenso. «Eso no es para mí», dice usted. «Que la escuela o la iglesia se encargue de eso».

O tal vez diga: «Les daré un buen libro para que lean. Pero, ¿hablar con ellos? ¿Cómo podría hacerlo?»

¿Y por qué no?

«Demasiado bochornoso», alega usted, mirando al piso.

¿Por qué es vergonzoso? Usted no tiene que revelar la vida sexual suya a sus hijos. Es más, no debería hacerlo. Hay lugar para las cosas privadas y el respeto.

Pero si creemos que cuando Dios dijo: «¡Bueno en gran manera!», después que creó a Adán y Eva, incluyó en esa afirmación el aspecto sexual de los dos que había hecho, ¿por qué titubeamos tanto al hablar sobre el asunto? El sexo no es sucio. La gente puede abusar de él y ensuciarlo, de la misma manera en que abusan de muchas otras cosas buenas y hermosas. Pero el sexo es esencialmente bueno, muy bueno, en verdad.

Ahora, luego de escribir todo esto, debo confesar algo: Tampoco yo encontré fácil hablar con nuestros cuatro hijos cuando eran adolescentes. Me sentía torpe, así como usted se siente ahora. De modo que me alegré por la ayuda de varias parejas jóvenes de la iglesia, que podían relacionarse bien con ellos. Y mi esposo y yo agradecemos a Dios por haber cuidado y protegido a nuestros hijos.

Pero, cada vez más he visto la necesidad de que los *padres* hablen con sus hijos. Si los dejamos librados a sí mismos, podrán recoger muchísima información errónea. Una gran porción de ella puede ser extremadamente peligrosa; por cuanto los muchachos y muchachas son curiosos en cuanto al sexo y sabrán sobre el asunto, bien sea de los medios de comunicación masiva, de otros chicos o de adultos.

¿Hay algún centro de planificación familiar en su área? ¿Qué sabe usted del mismo? ¿Acuden sus hijos a tal lugar? Los muchachos van a esos sitios sin que los padres se den cuenta. Debido a que en ellos prometen guardar las cosas en confidencia, nunca le informarán a usted, como padre, si sus hijos van allí en busca de ayuda.

¿Qué escuchan los chicos en estos centros? ¿Qué clase de «ayuda» reciben? El Dr. James H. Ford afirma:

> Uno de los objetivos principales del asesor de planificación familiar es eliminar en los jóvenes pacientes los sentimientos de ambivalencia y cualquier sentimiento de culpabilidad en cuanto a la actividad sexual ilícita. El asesor o consejero trata de conducir al joven paciente a aceptar su estilo de vida sexual activa, debido a que una de las condiciones previas para la anticoncepción eficaz es un compromiso a lo que los planificadores familiares llaman «la sexualidad responsable» esto es, relaciones sexuales sin bebés... De ese modo, un resultado directo de la consejería en la clínica es obviar o por lo menos disminuir la probabilidad de un retorno a la abstinencia y, en la mayoría de los casos, incrementar la frecuencia de relaciones sexuales en los pacientes de la clínica, y por ende, aumentar su exposición al riesgo del embarazo.[1]

---

[1] *Linacre Quarterly*, mayo de 1982.

¿Sabe usted qué es lo que sus hijos leen acerca del sexo en los libros que tienen a su disposición en la escuela o en la biblioteca pública? Considere, por ejemplo, estos pasajes de una obra para adolescentes.

> Las estadísticas y nuestra experiencia, nos dicen que durante tus años de adolescencia, tu impulso sexual esté probablemente en su punto más fuerte. *Si no arrastras el lastre de la inhibición y la culpabilidad* [cursivas de la autora], eres físicamente más potente que en cualquier época de toda tu vida. Sin embargo, hay tantos impedimentos para que logres satisfacción sexual durante tu adolescencia, que el conflicto presenta un tremendo problema para ti y tu sociedad. Es un problema para ti, debido a que tus necesidades imperiosas están en contraste con tus creencias religiosas y morales.
>
> Si deseas seguir tus enseñanzas religiosas, o las de tu madre o padre, entonces te enfrentarás a algunos sentimientos muy incómodos que deben ser tratados en forma productiva para ti.
>
> Acariciarte tú mismo para satisfacerte no sólo es inocuo, sino que también esas caricias son deseables, satisfactorias y seguras... La exploración y satisfacción propia puede ser muy útil y *es práctica esencial y preparación para la conducta heterosexual.* (Cursivas de la autora.)
>
> Usualmente, cuando tienes sentimientos muy personales y estás perplejo al respecto, quieres hablar con alguien, pero no sabes con quién. Piensas hablar con papá o mamá, pero crees que «no entenderían»... Tal vez sí, pero tienes temor de que no te atiendan o soslayen tus preocupaciones. Los consejeros en la escuela están adiestrados para escuchar, entender y ayudar... Dales una oportunidad alguna vez. Los grupos de TA también son buenos.[2]

La siguiente es una cita de *How to Live Through Junior High School* [Cómo vivir durante los años de la escuela secundaria], (en general un buen libro), por Eric W. Johnson:

> Aunque mucho se puede hacer en casa, no creo que el hogar sea el lugar ideal para toda la educación sexual... Es importante que los chicos tengan oportunidades para diálogos con sus iguales, bajo la dirección de adultos entendidos y que no tengan una actitud de

---

2 Dr. Alvin M. Freed, *T.A. for Teens* [T.A. para adolescentes], Jalmar Press Inc., Sacramento, CA, 1976.

juzgarles. Las escuelas (o tal vez las instituciones como la iglesia o la Asociación cristiana de jóvenes) es más bien el único lugar en donde pueden tener lugar tales conversaciones.

En el mismo libro, Johnson habla cómo se deben contestar las preguntas sobre el sexo fuera del matrimonio: «Si sus hijos le piden su opinión y usted tiene una, désela, *pero asegúrese que no se la da como un punto de vista autoritario*».[3] (Cursivas de la autora.)

En contraste a esa opinión acerca de la autoridad, necesitamos oír las palabras de Karl Hertz, ex director del Instituto Ecuménico, en Bossey, Suiza, al hablar a un grupo sobre la crisis de las instituciones de hoy. Hertz comentaba: «La crisis fundamental actual no sólo en las sociedades occidentales, sino globalmente, es que para grandes e importantes segmentos de la población, las instituciones (incluyendo la familia) sobre las cuales descansa el orden social *han perdido su autoridad*». (Cursivas de la autora.)

¿El resultado? Es peligroso confiar que los adolescentes asimilen los valores morales correctos, simplemente sobre la base de la lógica, si ya ha desaparecido su fe en Dios, en la autoridad de su Palabra y en la autoridad de sus padres.

La pregunta que los padres deben enfrentar es esta: ¿Quieren ustedes que los valores éticos y morales de sus hijos sean determinados por los medios de comunicación masiva, otros adolescentes, asesores en centros de planificación familiar y maestros de escuela? Si no quieren eso, necesitan conversar con sus hijos.

Debe estimularles saber que una encuesta reciente entre los adolescentes reveló que el sexo es el tema sobre el cual quisieran dialogar más con sus padres. Cuando se les pidió a estos jóvenes que mencionaran los rasgos que deseaban ver primordialmente en sus padres, señalaron, por encima de todos los demás, «comprensión». Sorprendentemente, el cariño no fue

---

[3] Eric W. Johnson, *How to Live Through Junior High School* [Cómo vivir durante los años de la secundaria], Lippincott, Filadelfia, 1975.

mencionado, posiblemente porque tienden a dar por sentado el amor de sus padres.

Pero para quienes decimos y esperamos que «simplemente queriendo a nuestros hijos los ayudaremos», esa respuesta de los muchachos debe llamarnos la atención. Ellos quieren hablar sobre el sexo. Y quieren nuestra comprensión. Si vamos a comprenderlos, tendremos que aprender cómo escuchar y cómo comunicarnos. ¿Les fallaremos?

Un destacado consejero de adolescentes ha sugerido que una de las mejores maneras para empezar la comunicación entre los padres y los hijos es que ambos lean el mismo libro y luego dialoguen sobre él. Espero que esta obra les ayude a hacer precisamente eso. Es mi intención, con oración y cariño, ayudarles a satisfacer esa necesidad.

A medida que use el libro, recuerde que sus hijos maduran a diferentes ritmos. Y los chicos de distintas edades están interesados en disímiles asuntos, o tienen variados puntos de vista sobre el mismo tema. Por ejemplo, Eric W. Johnson, en *Cómo vivir durante los años de la secundaria,* menciona estas respuestas a la pregunta: «¿Te gustaría que fuéramos novios?»

El de quinto grado: «¡¿En quinto grado???!!!»

El de sexto grado: «Tal vez, siempre y cuando no haya manoseos ni besuqueos».

El de séptimo grado: «He descubierto que me gusta salir con una muchacha una semana y con otra la siguiente, de modo que, ¿cómo podría enamorarme?»

El de octavo grado: «Sí. Esto te da reputación y puedes ir a muchas más fiestas».

El de noveno grado: «Es bonito tener una enamorada permanente».

De modo que usted tendrá que discernir cuál es el nivel de madurez de su hijo.

Hablando en relación a lo físico, los hechos biológicos serán más fáciles, si usted empieza cuando tienen alrededor de nueve o diez años, o antes. Además, ellos necesitan saber los hechos para esa edad. Las muchachas tal vez se interesen en salir con chicos y en hacer preguntas en cuanto a la conducta, mucho más temprano que los varones.

Pensar con anticipación sobre el matrimonio puede parecer fuera del alcance visual para los adolescentes de trece o catorce años, pero en estos días de indulgencia sexual, la cual puede desembocar en embarazos y matrimonios prematuros, los padres deben comenzar a hablar con sus hijos muy temprano, acerca de lo que significa en realidad estar casados. Y todos, desde pequeños necesitan saber acerca de las enfermedades sociales (¡qué nombre más engañador!) y anticonceptivos. La ignorancia puede ser desastrosa.

Saber cuándo introducir cada tema tal vez no sea fácil. Pero los muchachos, por sus comentarios y preguntas, les dejarán saber lo que piensan y qué clase de información necesitan. Escuchen. Tomen nota de sus dudas. Jamás piensen que es demasiado temprano. Ellos son bombardeados por todos lados con sexo y actitudes y valores morales antibíblicos.

Al mismo tiempo, trate de no adelantarse a ellos. Mantenga el paso con la búsqueda de comprensión de parte del hijo. Muchos de nosotros oímos el relato de la madre quien, en respuesta a la pregunta: «¿De dónde vine yo?» le dio una descripción detallada sobre el tema. Su hija le escuchó pacientemente y al final dijo: «Eso fue interesante, mamá, pero todo lo que quería saber es de dónde vine. Elisabet dice que ella vino de Nueva York».

¿Cómo evitar tales malos entendidos? Una manera de introducir un tema cuando un adolescente hace una pregunta, es revertir la interrogante, y hacérsela a él mismo, para saber qué es lo que piensa. Cuando usted ha identificado la duda o preocupación, este libro puede serle útil para cualquier aclaración. No piense que necesariamente tiene que leer toda esta obra, empezando desde el principio y leyendo todo hasta su tapa posterior. Siéntase en libertad de hurgar aquí y allá. Nos referiremos a algunos temas más de una vez y en diferentes secciones. Nuestros hijos oyen los mismos mensajes, continuamente, en los medios de comunicación masiva y de parte de sus compañeros, de modo que no necesitaremos evitar un poco de repetición tampoco.

Recuerde también que, en un sentido, la educación en cuanto a la sexualidad, se ha impartido en su casa por años. La manera en que usted y su esposa han expresado que se quieren, la forma como se tratan mutuamente, cómo se portan con sus hijos y con otras personas, hablará volúmenes a sus hijos. Esta educación es igualmente importante, tal vez incluso más que la educación planificada. Ambas, sin embargo, son necesarias.

Este libro probablemente será más útil si usted y sus hijos contestan los cuestionarios y hacen los ejercicios juntos y luego dialogan sobre las respuestas. Si ellos obtienen puntaje más alto que usted en algunos ejercicios, espero que pueda sonreír y felicitarlos. Recuerde que todavía sabe más que ellos respecto al amor y los valores que perduran.

Y si, en el curso de la lectura de este volumen y al hablar con sus hijos afloran recuerdos incómodos de sus propios años tempranos, que causen intranquilidad y culpabilidad, luche con esos recuerdos. Tal vez el Espíritu Santo desenterrará incidentes que deban ser confesados, de modo que usted pueda oír la Palabra de Dios y Su perdón.

Tal vez, a medida que explora el asunto con sus hijos, su propia vida sexual y de amor mejorará y se hará más gozosa y satisfactoria. Amén. Que así sea.

Finalmente, después de haber hecho todo lo posible para instruir a sus hijos, confíe en ellos. Recuerdo una ocasión cuando una de nuestras chicas llegó a casa a las 4 a.m. Nunca tuve costumbre de quedarme sentada esperando que regresaran, pero en esta ocasión me desperté al oír que la puerta se abría. Horrorizada vi la hora y me abalancé sobre ella interrogándola sin esperar ninguna explicación. Mientras vertía las candentes palabras, mi querida hija no pudo más y se echó a llorar.

Ablandada un poco, le pregunté, todavía en forma más bien incisiva: «¿Qué te pasa?»

Los gemidos continuaron.

Finalmente, entre gemidos, brotaron las palabras llenas de angustia: «Mamá, ¿no me criaste tú?» Ella confió en mi papel de madre. Yo no confié en ella.

Que el Dios que nos ama, que se preocupa tanto por lo que nos pasa a nosotros y a nuestros seres queridos, le conceda sabiduría y valor. Que Él le conceda a usted y a sus hijos muchas conversaciones íntimas y significativas.

Mildred Tengbom
Singapur

1 ❖ ¿QUIÉN DICE QUE ES FÁCIL SER ADOLESCENTE?

Magaly a los trece años

Algo está ocurriendo.

De súbito crecí, y soy más alta que los demás muchachos de mi clase. ¡Qué vergüenza!

Sin embargo, estoy entusiasmada porque mis senos están empezando a crecer. Cada mañana me pongo de pie y de lado frente al espejo, para ver si han aumentado más. Pero me preocupa que un seno esté más grande que el otro. Espero que no termine torciéndome. Relleno de algodón una de las copas de mi sostén para igualar la diferencia.

Detesto los puntos negros que me han brotado alrededor de la nariz y en mi barbilla. ¡Qué feo!, me lavo bien mi cara todos los días, pero sin embargo me salen. En realidad me pregunto cuándo comenzará mi período menstrual. Me preocupa, por cuanto todas mis amigas ya han empezado a menstruar. Me pregunto si debo ir a ver al doctor.

Pedro a los trece años

Casi ni siquiera soporto verme en el espejo en estos días. ¿Habrá tenido alguien alguna vez un peor caso de acné? ¿Cómo esperar que alguna muchacha se interese en mí?

Además, para aumentar mi miseria, la medicina que me recetó el médico no me permite exponerme al sol. Eso quiere decir que no podré ir a nadar ni a montar mi tabla sobre las olas y se acabaron las fiestas en la playa. ¡Excelente! Pero de todas maneras, no creo que me interese dejarme ver en traje de baño por ahora, no con acné en mis hombros y espalda. El baloncesto también está prohibido para mí. ¡Y eso que jugándolo era bueno!

Además de todas las cosas ridículas, ¡mis pechos están creciendo! ¡Qué idiotez! Leí un libro que dice que esto es sólo temporal. ¡Espero que en realidad así sea!

Ducharme junto con los otros muchachos también me da vergüenza. Mi pene es más chico que el de ellos, y casi no tengo pelos en ninguna parte. Ellos se burlan de mí. ¡Lo detesto!

También tuve que dejar el coro. Ya no puedo cantar, porque mi registro de voz va desde un chillido disparatado hasta barítono.

Y encima de todo, mi mejor amiga, por lo menos la que me gusta pensar que es mi mejor amiga, es más alta que yo. ¡Adolescencia! ¡Es lo peor que hay! ¡La detesto!

Te sientes confuso

La adolescencia es un tiempo de caos.

Es emocionante debido a que toda clase de cambios físicos ocurren en nuestros cuerpos. Es una época de ansiedad debido a que nos preguntamos si estaremos desarrollándonos lo suficiente, o en la manera correcta. Es una etapa divertida, porque empezamos a participar en muchas cosas diferentes, lejos de nuestros padres. Pero algunas veces es algo solitaria, debido a que otros muchachos hacen algunas cosas que no nos sentimos bien haciéndolas por ahora. Nos deja perplejos también, debido a que no queremos hablar de eso con nuestros padres y queremos hacerlo, las dos cosas al mismo tiempo. Es frustrante cuando tenemos problemas, mientras que otros chicos parecen avanzar sin ninguna dificultad. Es un tiempo de preocupación debido a que tenemos muchas preguntas y oímos cuentos, y no sabemos lo que es mito y lo que es realidad.

Un doctor que trabaja en la sala de emergencia de un hospital dijo el otro día, que muchas chicas de trece y catorce años llegan al hospital con peligro de aborto y otros problemas relacionados con el embarazo, pero declaran que no comprenden cómo pudieron quedar encinta. Eso es de verdad triste. Aunque la adolescencia es una etapa emocionante y divertida, también implica nuevas y tremendas responsabilidades. Los cambios que ocurren en nuestros cuerpos nos preparan para nuevas relaciones de amor con las personas del sexo opuesto. Pero, más seriamente, esos cambios nos preparan también para que lleguemos a ser padres y madres.

Pero, mientras nuestros cuerpos maduran al punto de que, a una edad muy temprana podemos «hacer niños», las otras partes como la personalidad, la experiencia, y la capacidad para sostener y cuidar de una familia, no han alcanzado el punto necesario para estar listos o capacitados para ser padres y madres responsables.

La adolescencia, por lo tanto, es una fase de esperar, de aprender, de prepararnos. Cuando no entendemos o no aceptamos esto, sino que en su lugar seguimos nuestras emociones o tratamos de actuar como gente adulta, nos metemos en problemas.

También nos metemos en dificultades cuando no conocemos exactamente nuestros cuerpos y su capacidad de reproducción. De modo que, primero que todo, asegurémonos de que sabemos cuáles son los diferentes órganos y cómo funcionan.

2 ❖ ¿CUÁNTO SABES ACERCA DE NUESTRO MARAVILLOSO E INCREÍBLE CUERPO?

«La gente viaja a otros continentes para asombrarse por la altura de las montañas, las gigantescas olas del mar, el largo curso de los ríos, la vastedad del océano, el movimiento circular de las estrellas, y se pasan a sí mismos de largo sin asombrarse».

Agustín

¡Nuestro cuerpo es asombroso! Pero, ¿cuánto en realidad sabes sobre él? ¿Te das cuenta de cuán complejo es el sistema reproductivo? ¿Comprendes lo que realmente ocurre para poder hacer un bebé?

Probablemente hayas oído mucha información de parte de otros muchachos, algunas veces como bromas pesadas durante la hora del almuerzo, o en el autobús escolar. No puedes, sin embargo, creer todo lo que oyes. Por consiguiente, tal vez no sepas tanto como crees saber, y lo que no sabes *puede* hacerte daño.

De modo que, para ayudarte a conocer la verdad en cuanto al sexo y la reproducción, primero prueba tu conocimiento en las páginas siguientes. Después de haber hecho todas las pruebas y corregido tus errores, ¿por qué no volver a hacerlas para asegurarte de que has aprendido las respuestas correctas?

Tal vez quieras hacer estos ejercicio solo o con tus padres, o con uno o dos amigos. ¡Que te diviertas!

¿Cuál es tu puntaje?

(Respuestas en la página que sigue)

1. ¿Puedes mencionar cuántos cambios ocurren en una muchacha durante los primeros años de su adolescencia?

a. ________________________
b. ________________________
c. ________________________
d. ________________________
e. ________________________
f. ________________________

2. ¿Cuántos cambios se producen en un muchacho cuando entra en la pubertad?

a. ________________________
b. ________________________
c. ________________________
d. ________________________
e. ________________________
f. ________________________
g. ________________________

Respuestas a ¿Cuál es tu puntaje?

1. Cambios que ocurren en una muchacha cuando entra en la pubertad:
   a. Sus pechos empiezan a desarrollarse y a adquirir una forma suave y redondeada. También se ponen sensibles y duelen un poco.
   b. Empieza su período menstrual.
   c. Sus caderas usualmente se redondean.
   d. La grasa corporal le da a su cuerpo apariencia redondeada y suave.
   e. Su voz se torna un poquito más profunda y más llena.
   f. Le empieza a crecer vello en sus axilas y en el área de los genitales.

2. Cambios que tienen lugar en un muchacho cuando entra en la pubertad.
   a. Le empieza a crecer vello en las axilas.
   b. Le empieza a crecer vello en el área de los genitales.
   c. Le empieza a crecer pelo en la cara.
   d. Hay un engrosamiento en el vello de sus brazos, piernas y pecho. Algunas veces el vello se extiende desde el área genital hasta el ombligo.
   e. Sus músculos se agrandan.
   f. Su voz se hace más gruesa.
   g. Su pene y su escroto aumentan de tamaño.

¿Quién es «normal»? ¡Tú lo eres!

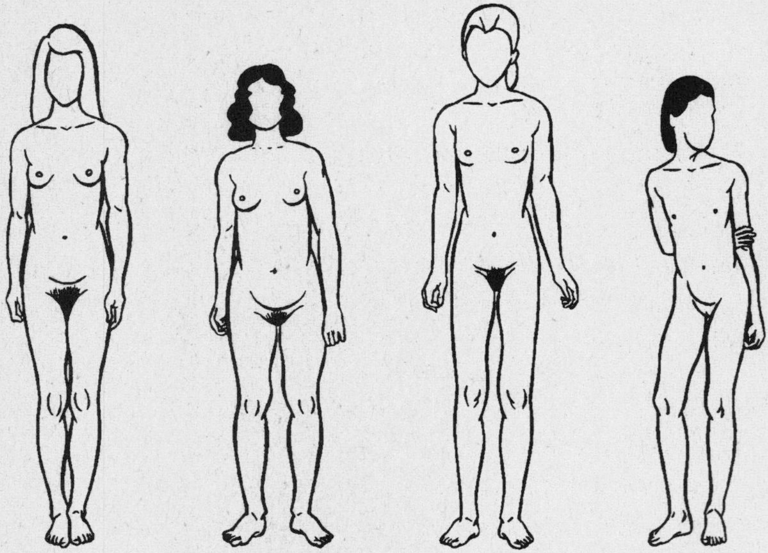

Estas cuatro adolescentes tienen todas la misma edad. Diagrama A

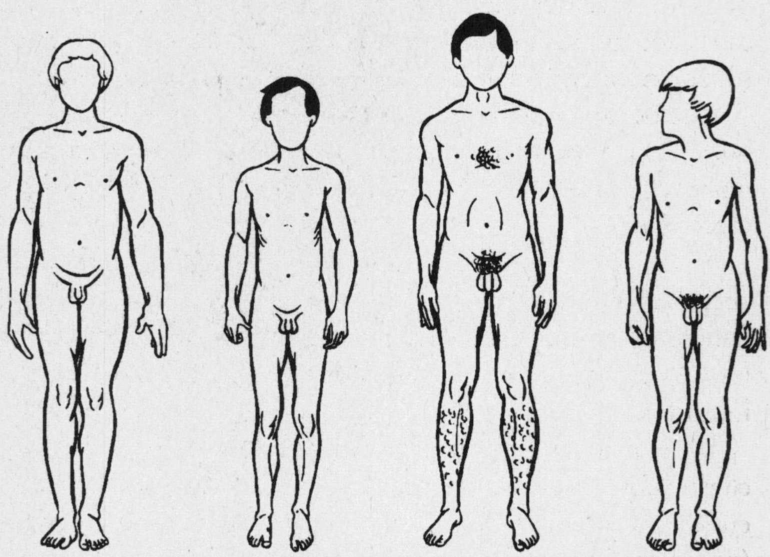

Estos cuatro muchachos tienen todos la misma edad. Diagrama B

Da resultado saber las palabras

Seleccione la respuesta correcta. En algunos casos una o más pueden ser correctas. Las respuestas se hallan en las páginas que siguen al ejercicio.

1. El órgano genital del hombre se llama (a) escroto, (b) ano, (c) pene.
2. La palabra *pubertad* procede de una palabra latina que significa (a) crecido, (b) adulto, (c) ingle, (d) vello corporal.
3. Las hormonas son (a) glándulas sexuales, (b) productos químicos del cuerpo, (c) mensajeros, (d) sensaciones sexuales.
4. Estrógeno es otro nombre para (a) el ovario, (b) una hormona, (c) las células del esperma masculino, (d) la energía necesaria para tener relaciones sexuales.
5. La glándula pituitaria (a) produce hormonas, (b) hace crecer el pelo, (c) es como un computador, (d) transforma a la niña en mujer.
6. Los pechos (a) le dan a la mujer una forma atractiva, (b) producen leche para los bebés recién nacidos, (c) dan una sensación agradable cuando se los toca de manera apropiada, (d) son para darle belleza, más que para cualquier otra cosa.
7. Los labios mayores son (a) sólo la parte externa de la boca, (b) una parte del cerebro, (c) el par de «labios» externos ubicados entre las piernas de la mujer, (d) la cavidad donde crece el niño.
8. El clítoris es (a) la punta del pene del hombre, (b) la abertura por la cual orina la mujer, (c) un órgano sexual femenino ubicado en el extremo superior de los labios vaginales, (d) la abertura en el cuerpo de la mujer por la cual nacen los niños.
9. El orificio de la uretra es (a) el orificio por el cual el cuerpo elimina el excremento, (b) el canal del oído que permite entrar los sonidos, (c) el orificio por el cual nacen los niños, (d) el orificio por el cual pasa la orina.

10. La vagina es (a) la abertura por la cual nace el niño, (b) la abertura en la cual el hombre coloca su pene durante la relación sexual, (c) la abertura de la garganta que contiene las cuerdas vocales, (d) una mujer que nunca ha tenido una relación sexual.

11. El himen es (a) una glándula que segrega hormonas, (b) un pliegue membranoso que rodea la abertura vaginal, (c) un homosexual, (d) el segmento triangular de vello en la parte inferior frontal del cuerpo de la mujer.

12. Un nombre no médico para el útero es (a) cerviz, (b) vagina, (c) vientre, (d) estómago.

13. El endometrio es (a) el revestimiento del estómago, (b) el período cuando una muchacha tiene su flujo menstrual, (c) el revestimiento del útero, (d) la membrana mucosa en donde el óvulo fertilizado se adhiere y empieza a crecer hasta formarse un bebé.

14. La cerviz es (a) la parte superior del cerebro, (b) la forma redondeada de los pechos de la mujer, (c) la abertura hacia el útero, (d) las paredes musculares del útero.

15. Los ovarios son (a) los tejidos grasos en la parte exterior del cuerpo de una mujer, entre las piernas, que cubren la entrada a su cuerpo, (b) el nombre de los óvulos que se forman dentro del cuerpo de la mujer, (c) el sentimiento de alivio que una muchacha siente cuando termina su menstruación, (d) las glándulas sexuales femeninas que producen hormonas.

16. El escroto es (a) el órgano sexual del hombre, largo y en forma de dedo, (b) la picazón que produce algunas enfermedades venéreas, (c) la bolsita que cuelga debajo del pene del hombre, (d) el lugar en donde se generan las células del esperma.

17. El epidídimo es (a) una epidemia de enfermedades venéreas, (b) la piel que recubre el pene, (c) el lugar en dónde se almacena la esperma, (d) el lugar donde se producen el esperma.

18. Los vasos deferentes son (a) la vasta diferencia que hay entre los hombres y las mujeres, (b) la diferencia que hay entre

el niño y el hombre, (c) la diferencia que hay entre el heterosexual y el homosexual, (d) los tubos a través de los cuales pasa el esperma.

19. Eyacular significa (a) el ruido de placer que uno puede hacer mientras tiene una relación sexual, (b) la acción mediante la cual el esperma es expulsado del cuerpo del hombre, (c) el acto de defecar, (d) orinar.

20. La vulva es (a) el nombre de todas las partes externas genitales femeninas, (b) el movimiento que se hace durante las relaciones sexuales, (c) la abertura a través de la cual pasan los desechos del cuerpo, (d) otro nombre para los labios mayores.

Respuestas a «Da resultado saber las palabras»

Tal vez querrás referirte a las ilustraciones ubicadas al final de esta sección de respuestas.

1. (c). El órgano genital masculino se llama pene.

2. (a), (b), (c) y (d). La palabra *pubertad* procede de un término del latín que significa crecido, adulto, ingle y pelo corporal. La pubertad es la época cuando el cuerpo del muchacho o muchacha cambia y está en condiciones de reproducirse. En las niñas este período usualmente se identifica con el principio del ciclo menstrual, aun cuando algunas veces puede ocurrir un embarazo antes de que empiece la menstruación. Otros cambios también ocurren.

3. (b) y (c). Las hormonas son productos químicos producidos por las glándulas endocrinas. Viajan por el torrente sanguíneo, actuando como mensajeros, llevando mensajes a otros órganos, tejidos y glándulas, para que cambien de cierta manera.

4. (b). El estrógeno es una hormona segregada por los ovarios. Las hormonas contribuyen al desarrollo de los órganos sexuales de la niña. También controlan el funcionamiento del ciclo menstrual y la producción de leche para el recién nacido.

5. (a), (c) y (d). La glándula pituitaria es algo así como un control maestro. Envía señales, por medio de las hormonas, a los ovarios, para que produzcan más hormonas, las cuales, a su vez, posibilitan todos los cambios que convierten a la niña en mujer. ¿Por qué ocurre esto sólo cuando tiene nueve, diez u once años de edad? Debido a que nuestro Dios Creador planeó que la glándula pituitaria produzca otra hormona especial que actúa como guardia, para prevenir que las demás hormonas lleven mensajes a los ovarios mientras la niña no madure lo suficiente físicamente como para tener un niño. La glándula pituitaria es del tamaño de un guisante y está ubicada muy adentro de la cabeza, debajo del cerebro y en el centro del cráneo.

6. (a), (b) y (c). Los pechos en verdad le dan a la mujer una apariencia atractiva, producen leche para los bebés recién

nacidos, y dan una sensación placentera cuando se los toca. En algunas culturas se les aprecia más por la leche que proveen para los bebés.

7. (c). Labios mayores es el nombre que se da al tejido graso, en forma de grandes labios, que se halla entre las piernas de la mujer y cubre la abertura de su cuerpo.

8. (c). El clítoris es un órgano sexual femenino, ubicado en el extremo superior de los labios mayores. El clítoris tiene muchos nervios y vasos sanguíneos y cuando se lo acaricia en la manera apropiada, contribuye a hacer muy placentera y agradable la relación sexual para la mujer, algunas veces llevándola al climax del placer llamado «orgasmo». El clítoris está cubierto de un pliegue suave de piel. No tiene ninguna abertura, ni tampoco juega ningún papel en el alumbramiento. Está allí únicamente para el placer sexual.

9. (d). El orificio uretral es la abertura por la cual se elimina la orina.

10. (a) y (b). La palabra *vagina* proviene de un vocablo latino que significa «vaina», la funda en la cual introduce el soldado su espada después de haberla usado. La vagina es como un tubo o canal. El hombre introduce su pene en este conducto cuando tiene relación sexual con la mujer. Al nacer un niño, éste atraviesa la vagina para salir del cuerpo de la madre. La vagina es muscular, y puede expandirse.

11. (b). El himen es un pliegue membranoso que rodea la abertura vaginal.

12. (c). Otro nombre dado al útero es vientre. El útero es el órgano, o bolsa, en la cual se desarrolla el niño antes de nacer. El útero tiene el tamaño y la forma de una pera invertida. Las paredes uterinas son musculares, y pueden expandirse para que el bebé, que a veces puede pesar hasta más de diez libras, pueda desarrollarse en su interior. El útero puede extenderse hasta medir casi 50 cm de largo.

13. (c) y (d). El endometrio es el revestimiento suave y aterciopelado que recubre el interior del útero. Contiene muchísimos diminutos vasos sanguíneos. Si el óvulo fertilizado

no se adhiere a este recubrimiento, esta capa se desprende y sale del cuerpo en forma de secreción sanguinolenta durante el período menstrual. Entonces se forma un nuevo recubrimiento, listo para dar nutrición a cualquier huevo fertilizado que pudiera adherirse a él.

14. (c). La cerviz o cuello es la parte inferior y entrada al útero: el «cuello» del útero en forma de pera. La abertura de la cerviz recibe del hombre los espermatozoides del pene.

15. (d). Los ovarios son las glándulas sexuales de la mujer que producen hormonas. Los ovarios también contienen y dejan en libertad los óvulos de la mujer.

16. (c). El escroto es la bolsa que cuelga debajo del pene. Dentro del escroto se hallan los dos testículos que producen esperma.

17. (c). Después que el esperma es producido en los testículos, pasa a una cámara de extraña apariencia, que se llama el epidídimo, para madurar. El epidídimo es en realidad un tubo muy delgado, de aproximadamente siete metros de largo, pero está tan ovillado y enroscado que se encuentra junto al testículo, y parece tener sólo como cinco centímetros de largo.

18. (d). Después de estar almacenada por un tiempo en el epidídimo, el esperma pasa por unos tubos de alrededor de cincuenta centímetros de largo, llamados los vasos deferentes, hasta otro receptáculo pequeño llamado la vesícula seminal, en donde se guarda el semen. Normalmente el hombre tiene dos testículos, dos epidídimos y dos vasos diferentes.

19. (b). La palabra eyacular procede de una voz latina que significa disparar, lanzar hacia afuera, o expulsar hacia afuera. Cuando el hombre se excita sexualmente, se contraen los músculos en el área genital, haciendo que la esperma o semen sea expulsada. Al ocurrir eso, un sistema de válvulas cierra el paso a la orina, de modo que ni una gota de ésta puede entrar en el cuerpo de la mujer a través de la uretra del hombre.

20. (a) Vulva es el nombre que se le da a toda el área genital externa de la mujer.

Diagrama C

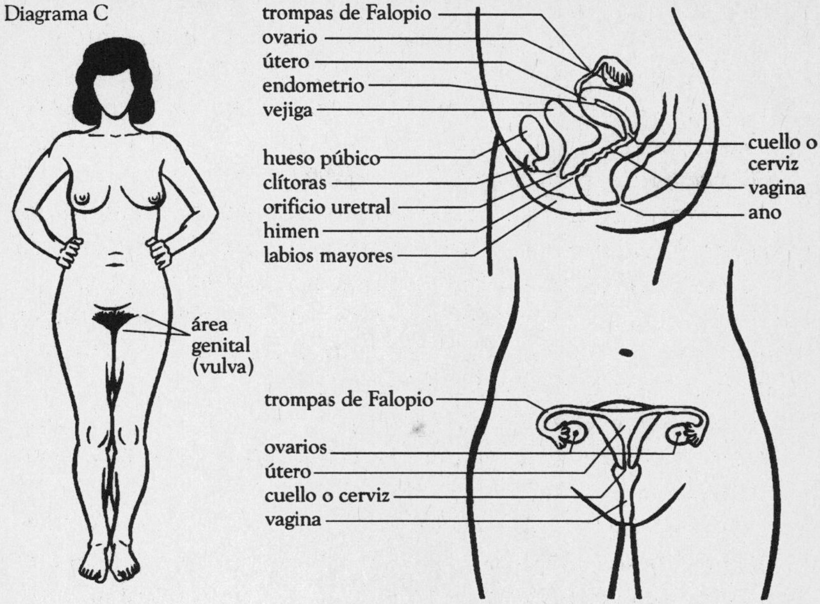

Diagrama D

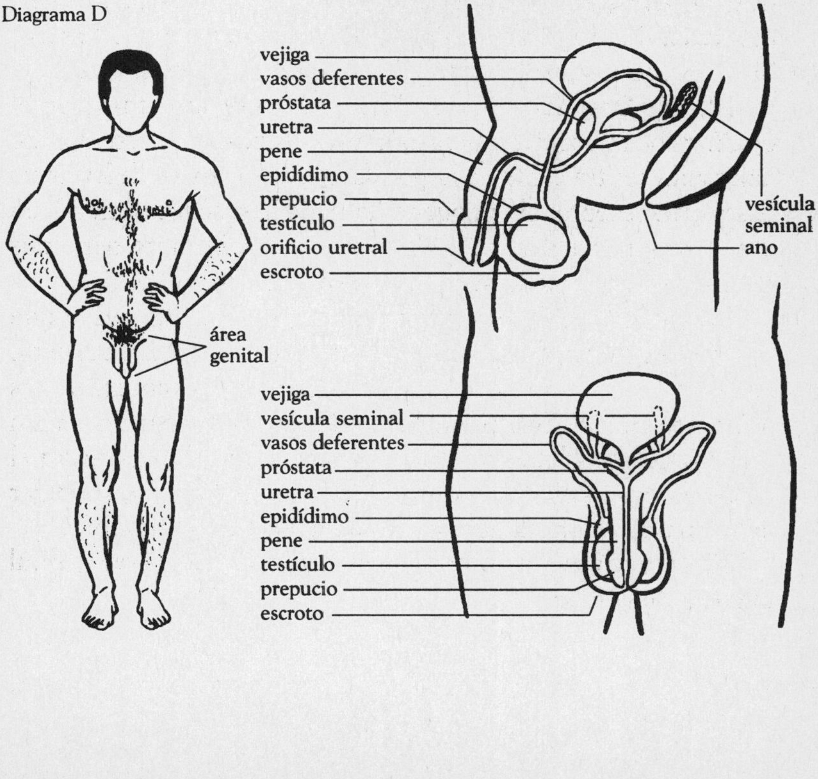

Repaso

Tomemos un momento para repasar brevemente, pero en forma ordenada, lo aprendido hasta aquí. ¿Qué tal te fue en las pruebas? ¿Mejor que tus padres? ¿Aprendiste algo nuevo?

Alrededor de los nueve años nuestros cuerpos empiezan a cambiar, para prepararnos de modo que un día podamos llegar a ser padres. Realmente no estaremos listos para ser padres por un tiempo largo, largo; pero nuestros cuerpos empiezan el proceso temprano. Este período de crecimiento y cambio se llama *pubertad*...

Un diminuto órgano, llamado la *glándula pituitaria*, de alrededor del tamaño de un frijol, escondida en el centro del cerebro, comienza el proceso. Los mensajeros químicos que envía se llaman *hormonas,* las cuales recorren todo el cuerpo, desatando toda clase de cambios.

Algunos de los cambios ocurren tanto en los niños como en las niñas. La piel se vuelve más grasosa. Si los poros se llenan con grasa, y ésta se endurece, brotan las espinillas y barros. Si la condición se empeora se llama acné. Lavarse la cara con regularidad y evitar alimentos grasosos puede ayudar. Todo el mundo detesta las espinillas. De hecho, en una encuesta los adolescentes se quejaron más de los problemas cutáneos que de ninguna otra cosa. Los médicos, especialistas en la piel, a menudo pueden prescribir el mejor tratamiento. Estos médicos son dermatólogos.

Los adolescentes más jóvenes con frecuencia se sienten cansados. Esto los sorprende y puede preocuparlos debido a que han estado acostumbrados a tener abundancia de vigor y energía. Pero, durante la pubertad, los cuerpos están creciendo rápido y cambiando. Esto es arduo trabajo. Por eso necesitan sueño extra. Nuestros cuerpos también necesitan comidas balanceadas. Ingerir suficientes vitaminas, proteínas y minerales es de especial importancia. Si hemos sido adictos a las chucherías haremos mejor en cambiar, o lo lamentaremos.

La voz se modifica también. Esto es más notorio en los varones que en las hembras. Las voces masculinas varían de agudos chillidos a profundas notas de bajo. Pero las femeninas también se modifican y se tornan más agudas.

Tanto en los chicos como en las chicas, el vello empieza a crecerles debajo de los brazos y en las regiones púbicas.

Cambios en el cuerpo de las niñas

Ahora hablemos más específicamente acerca de los cambios que tienen lugar en los cuerpos de las niñas; cómo las chicas con cuerpos sin ninguna gracia, según lo expresó una, adquieren cuerpos como los de sus madres.

El cuerpo de una niña tiene la capacidad de desempeñar una función especial, pues al madurar, puede producir y cuidar un ser humano hasta que está listo para vivir por sí mismo fuera del interior de la madre.

El lugar en donde esto ocurre es el *útero* o *vientre.* Mira el Diagrama C para ver dónde está. Tiene aproximadamente la forma y el tamaño de una pera, pero situada en posición invertida en el interior de la mujer. El útero está revestido en su parte interna por una membrana mucosa con cientos de vasos sanguíneos muy finos. Este revestimiento se llama *endometrio.* Provee un nido para el *óvulo* (o huevo) fertilizado y también suministra alimento.

Un canal, como un túnel elástico, va desde el exterior del cuerpo de la mujer hasta el útero. Este canal se llama *vagina.* Mide alrededor de siete a diez centímetros de largo, pero debido a que es muscular puede agrandarse. Cuando no está agrandada, las dos paredes se tocan la una con la otra. La vagina recibe los espermatozoides necesarios para fertilizar el óvulo y transportarlos a la abertura del útero llamado *cerviz* o *cuello.*

El óvulo está almacenado y es liberado desde uno de los dos *ovarios*, situados a cada lado del cuerpo. Aun cuando cada ovario tiene alrededor de cinco centímetros por tres en diámetro, contiene millares de óvulos.

El óvulo viaja desde los ovarios hasta el útero por las *trompas de Falopio.*

El *himen* es el pliegue membranoso que rodea la abertura vaginal.

Los genitales externos de la mujer se llaman *vulva.* Entre sus piernas hay dos pares de pliegues llamados *labios mayores* y *labios menores.* Un par recubre al otro. Los exteriores son tejido graso, y están recubiertos de vello.

El *clítoris* está recubierto de un pliegue suave de piel. Es muy sensible y reacciona al tacto.

El cuerpo femenino tiene tres orificios hacia el exterior. La abertura vaginal es donde el hombre introduce su pene durante la relación sexual. El *ano* es el orificio por el cual salen los desechos del intestino grueso. El *uretral* permite que la orina salga del cuerpo.

Durante la pubertad la forma del cuerpo de la niña cambia notoriamente. La grasa se redistribuye, dándole una forma más suave y redondeada. Las caderas se agrandan. Los senos se desarrollan. Empieza la menstruación (hablaremos de esto el próximo capítulo).

Cambios en el cuerpo de los muchachos

Muchos cambios tienen también lugar en el cuerpo del muchacho durante la pubertad. Además del vello que le crece en las axilas y en la región púbica, a menudo también le crece en sus brazos, piernas y pecho, y la barba aparece en su cara. Sus rasgos se tornan más pronunciados. También ocurre una modificación de la voz.

Puede ser que distintas partes del cuerpo crezcan a ritmos diferentes. Por ejemplo, los pies y los brazos de repente parecen convertirse en enormes o largos, causando movimientos torpes o desmañados.

También suceden transformaciones en los órganos sexuales de los muchachos. Observa el Diagrama D al ir leyendo.

El *pene* es casi tan largo como un dedo, pero algo más grueso, y aloja un pequeño tubo que va desde la vejiga, por todo el pene, para dejar salir la orina. El otro propósito del pene es llevar el semen del cuerpo masculino al femenino. Hablaremos al respecto en un capítulo posterior.

Cuando nace un varón, el extremo de su pene usualmente está recubierto de un pliegue de piel llamado *prepucio.* Este puede ser empujado hacia atrás. Algunas veces un médico corta quirúrgicamente el prepucio poco tiempo después del nacimiento. Esta operación se llama *circuncisión.*

Debajo del pene cuelga una bolsa arrugada y gruesa que se llama *escroto.* Dentro del escroto hay dos glándulas ovaladas, de alrededor de cuatro centímetros de largo, que se llaman *testículos.* Allí es donde se fabrica la esperma. Detrás de cada testículo está el *epidídimo,* un conjunto enroscado de vasos muy delgados que almacenan la esperma hasta que madura.

Las células de esperma madura viajan por un largo conducto llamado *vasos deferentes*, hasta dos bolsitas de almacenaje llamadas *vesículas seminales,* situadas detrás de la *próstata.* La próstata fabrica un líquido espeso y lechoso llamado *semen,* que ayuda a la esperma a trasladarse a través del pene hasta el cuerpo de la mujer cuando la pareja se une sexualmente. Hablaremos de esto más adelante.

3 ❖ CADA VEINTIOCHO DÍAS

Las muchachas a menudo se desarrollan más temprano que los muchachos. Crecen antes en estatura y por eso en los primeros cursos de la escuela media o secundaria son con frecuencia más altas que los chicos. Probablemente ya habrás notado esto. Y algunas cuando tienen apenas diez años (otras a los ocho o nueve años), empiezan a menstruar. Hablaremos de eso a continuación. Primero, examínate para ver cuánto sabes. Luego, en la próxima sección, responderemos a las preguntas que más a menudo hacen las niñas.

Verdadero o falso

(Respuestas en la siguiente página)

1. _______ Las muchachas empiezan a crecer rápidamente, más temprano que los muchachos.
2. _______ El primer período menstrual de una muchacha usualmente ocurre al principio de su desarrollo.
3. _______ Después de la ovulación una niña puede quedar encinta en cualquier momento antes de que comience su próxima menstruación.
4. _______ Las muchachas pueden saber cuándo empezará la menstruación, observando cuándo comienzan a desarrollarse sus senos.
5. _______ Es posible que una niña quede embarazada incluso antes de que le llegue su primera menstruación.

6. ________ Si una niña no ha empezado todavía su menstruación cumplidos los 14 años, debe ir a ver al médico.

7. ________ Algunas muchachas se deprimen cuando tienen sus períodos.

8. ________ El vello púbico empieza a crecer en las muchachas después de que ha iniciado su menstruación.

Respuestas a: Verdadero o falso

1. *Verdadero.* Las muchachas por lo general empiezan su desarrollo alrededor de dos años antes que los muchachos. Durante la época de mayor crecimiento crecen entre cinco y diez centímetros de estatura por año. Por lo general, cuando tienen entre once y catorce años son más altas que los varones.

2. *Falso.* Más a menudo, aunque no siempre, el primer período menstrual de una muchacha puede ocurrir un año después de su mayor crecimiento o cuando han transcurrido dos tercios de esta etapa.

3. *Falso.* El óvulo sin fertilizar puede vivir alrededor de 12 a 24 horas después de haber entrado en las trompas de Falopio. Luego se rompe y es absorbido por el cuerpo.

4. *Verdadero, hasta cierto grado.* Como promedio, aun cuando la mayoría de la gente no es exactamente promedio, los senos de una muchacha empiezan a crecer alrededor de tres o cuatro años antes de su primera menstruación.

5. *Verdadero.* Se ha sabido de casos de niñas que han quedado encinta incluso antes de ocurrir su primer período menstrual.

6. *Falso.* Si una muchacha no ha empezado su menstruación cuando cumple los catorce años, no debe preocuparse. El período comienza en las muchachas en cualquier tiempo entre los nueve y diecisiete años de edad.

7. *Verdadero.* Algunas se ponen a lloriquear. Otras por lo menos en los primeros meses de menstruación, pueden tener dolor abdominal y de espaldas.

8. *Falso.* El vello púbico empieza a crecer alrededor de un año y medio antes de que comience la menstruación.

Preguntas que hacen las muchachas

1. *¿Qué significa la palabra menstruación?*

El término «menstruación» proviene del latín *mensa,* que significa «mes» (el antiguo calendario romano tenía meses de veintiocho días). El período menstrual de una muchacha normalmente ocurre alrededor de cada veintiocho días. De ahí surgió la palabra «menstruar».

2. *¿Qué ocurre durante mi período menstrual? ¿Por qué sangro?*

El interior de las paredes de tu útero están recubiertas de una capa acojinada de sangre y fragmentos de células. Cuando un feto va a crecer dentro de una madre, esta capa ayuda a proveer nutrición para el bebé. Cuando no hay un bebé creciendo allí, esta capa se desprende y sale del útero a través de la vagina. Debido a las células sanguíneas en esta capa, la secreción parece sangre.

3. *¿Cuánta sangre voy a perder?*

Usualmente sólo alrededor de cinco o seis cucharadas.

4. *¿Cuántos días durará la hemorragia?*

Los períodos normalmente duran de cuatro a seis días.

5. *¿Cuándo tendré mi período menstrual por primera vez?*

Eso es difícil de saber. ¿Cuándo empezaron a tenerlo tu madre y tu abuela? Eso tal vez influya. En algunas comienza cuando tienen diez años. Un número muy reducido lo inician cuando apenas tienen nueve años. En otras no ocurre sino hasta los diecisiete años. Usualmente alrededor de un año y medio antes del primer período, tus senos empezarán a redondearse y a crecerte el vello en las axilas y en el área del púbis.

Por ahora la edad promedio en que las niñas empiezan a tener su período es alrededor de los doce años y medio. Pero no me entiendas mal. Cuando digo «promedio», no quiero decir que seas anormal si no lo inicias para entonces. Promedio simplemente significa que esa es la edad más común que resulta cuando sumas y divides todas las diferentes edades en las cuales las muchachas tienen su primera menstruación.

6. *¿Por cuántos años continuarán mis períodos menstruales?*

La época de la vida en que cesan los períodos menstruales se llama menopausia. La edad promedio de la menopausia es a los cincuenta y un años. Parece haber cierta tendencia familiar en cuanto al tiempo de la menopausia. Si tu madre tuvo una menopausia temprana o tardía, entonces probablemente tú también tendrás la misma tendencia.

7. *¿Qué es mejor usar, tampones o toallas higiénicas?*

Tu madre puede darte un buen consejo en cuanto a esto. Puedes usar lo que te sea más cómodo y lo que te dé la mejor protección. Algunas niñas emplean ambas cosas los primeros dos días.

8. *Si uso toallas, ¿con cuánta frecuencia debo cambiármelas?*

La frecuencia con que necesitarás cambiarte las toallas higiénicas o tampones dependerá de la cantidad de secreción que tengas. Algunos días tal vez deberás cambiarte cada una hora o cada dos; en otros una o dos veces al día será suficiente.

Las toallas usadas deben envolverse en papel higiénico y desecharse en el receptáculo de basura, *jamás* en el inodoro.

9. *¿Cómo se usan los tampones?*

Los fabricantes incluyen instrucciones completas en cada caja. Simplemente sigue las instrucciones. Si piensas que tienes problemas, pregúntale a tu mamá o a algún profesional.

10. *¿Debo usar dos tampones el primer día, para estar segura?*

Nunca uses más de un tampón a la vez. En lugar de eso, puedes usar un tampón y una toalla higiénica durante los primeros dos días.

11. *¿Puedo echar los tampones por el inodoro?*

Sí, puedes echar tanto los tampones como los tubos de inserción, si los tubos son *de cartón*. Echa los que son de plástico en la lata de basura.

12. *¿Me impedirá el himen que introduzca un tampón?*

Los tampones son pequeños. La mayoría de las niñas pueden

introducirlos fácilmente por el himen. Recuerda, el himen no cubre por completo la abertura vaginal, es tejido y se estira. Sólo muy pocas muchachas pueden sentir incomodidad al tratar de insertar un tampón. Estas deben ver a un médico para ayudarles.

13. *Empecé a menstruar el año pasado, pero mis períodos no ocurren cada veintiocho días como he leído que deben suceder. En ocasiones es cada dos meses. Una vez pasé cuatro meses sin tener la menstruación. ¿Qué puede andar mal conmigo?*

Probablemente nada. Muy a menudo demora uno o dos años para que una jovencita tenga sus períodos a intervalos regulares. Sin embargo, si piensas que te sentirías mejor al respecto, pide que te examine una doctora. Posiblemente ella te confirme que todo está bien.

14. *¿Por qué siento el abdomen tan hinchado y pesado durante mi período?*

Algunas veces el estreñimiento puede causar esta sensación. Para prevenirlo debes comer verduras frescas y frutas, pan y cereales de grano entero. Bebe mucha agua por lo menos seis u ocho vasos de agua al día. Y haz ejercicios. Todo esto debe ayudarte. Reducir la sal en tu dieta por seis u ocho días antes de que empiece tu menstruación también es bueno. Vale la pena intentarlo.

15. *¿Por qué sudo más durante mi período?*

Tus glándulas sudoríparas y grasosas están más activas debido a los cambios hormonales. Como sudas más, es importante mantenerte aseada y usar desodorante.

16. *¿Puedo tomar duchas y baños de tina cuando tengo mi período?*

Los primeros dos días tal vez sería mejor tomar una ducha. Sin embargo, si lo deseas, bien puedes bañarte en la tina. Cuanto lo hagas, el agua no debe estar ni muy caliente ni muy fría. Y cámbiate el tampón después de haber tomado un baño o una ducha.

17. *¿Por qué me siento con ganas de llorar cuando tengo mi período menstrual?*

Una muchacha puede sentirse deprimida durante su período debido a que las hormonas pueden afectar el sistema nervioso. Las hormonas regulan el ciclo menstrual, y mientras lo hacen, al mismo tiempo, pueden cambiar el equilibrio normal de las emociones.

18. *¿Por qué me dan calambres al comienzo de mi período?*

Algunos doctores piensan que una parte del dolor es resultado de la actitud de la muchacha. Si detesta tener su período o se siente furiosa o enojada por el asunto, su dolor será más intenso.

Sin embargo, a veces el dolor tiene una causa física. Los doctores piensan que algunas substancias químicas, tales como las hormonas llamadas prostaglandinas, hacen que se contraigan los músculos del útero. Si hay demasiadas prostaglandinas actuando, los músculos del útero pueden contraerse tan violentamente que provoquen dolor. Bien puede la joven hasta retorcerse en su cama. Si el dolor es realmente fuerte, puede sudar y sentir náuseas. Muchas sienten dolor, ya sea en la espalda o en la cabeza o calambres moderados, sobre todo durante los primeros años de sus períodos.

Si los calambres son severos, acude a una doctora. Una de las medicinas que recetan es una píldora para el control de la concepción. Estas píldoras previenen la ovulación. Cuando la ovulación no tiene lugar, no se producen las prostaglandinas. El período menstrual continuará en forma normal, pero sin los calambres. Sólo un médico, sin embargo, debe recetar estas píldoras.

19. *De todos los remedios que hay en la farmacia, ¿cuál es el mejor para los calambres?*

La aspirina es tan buena como cualquier otro medicamento y probablemente más barata.

20. *¿Por qué una muchacha se salta algunos períodos?*

En ocasiones una muchacha puede saltearse un período. Si

ha atravesado una experiencia traumática, tal como el divorcio de sus padres o la muerte de un ser querido, tal vez se quede un mes sin su menstruación. Incluso tensiones de menor intensidad que las mencionadas, como un examen, una nueva situación de vida o tensión en el trabajo, puede causar irregularidad en los períodos. Si ha estado haciendo una severa dieta o si ha perdido considerable peso en forma abrupta, también puede saltearse un período. Si ha estado siguiendo una dieta estrictamente vegetariana, que carece de leche, huevos o carne, su cuerpo tal vez no esté recibiendo suficiente proteína y hierro. Ejercicio extenuante, el estrés, subir de peso excesivamente o perder vertiginosamente peso, también pueden afectar la frecuencia de los períodos menstruales. Y, por supuesto, si una muchacha ha estado teniendo relaciones sexuales, cabe la posibilidad de que haya quedado encinta.

21. *¿Por qué comienza de súbito el primer período menstrual?*

Parece que empieza de súbito, pero en realidad no es así. Es parte de un proceso durante el cual el cuerpo se prepara para ser capaz de engendrar. Las hormonas controlan todas las fases de este proceso y de este período.

22. *¿Qué son las hormonas?*

Las hormonas son substancias químicas producidas por las glándulas. Viajan a los demás órganos a través del torrente sanguíneo, actuando como mensajeros, diciéndoles a las otras partes del cuerpo cómo deben responder o actuar. Las hormonas controlan el crecimiento en los muchachos y muchachas, y el desarrollo de sus órganos sexuales.

Las hormonas reproductivas se producen en los ovarios de la mujer, los testículos del hombres, en la corteza externa del páncreas y en la glándula pituitaria.

23. *¿Puedo nadar durante mi período?*

Si usas tampones que absorban tu período, ¿por qué no? Si usas toallas higiénicas, manténte fuera de las piscinas y baños públicos hasta que termine tu menstruación.

24. *Una de las chicas en la escuela dice que su mamá no la deja acercarse a las plantas cuando tiene su período, porque asegura que se secarán y perderán sus hojas. ¿Es cierto eso?*

¡De ninguna manera! Hay toda clase de mitos y supersticiones flotando por todas partes, aduciendo que la leche se corta, el vino tendrá el sabor de vinagre, etc. Ninguno es verdad. El período menstrual es un proceso perfectamente normal y natural; tan normal como crecer o tan normal como la digestión de los alimentos o tener que ir al baño.

25. *¿Puedo jugar tenis el primer día de mi período?*

¿Y por qué no? El ejercicio es bueno para ti. Si descubres que sangras excesivamente después de jugar (aunque lo más probable es que eso no ocurra), hazlo con menos intensidad y descansa por un día o dos.

26. *Leí que una niña tiene óvulos diminutos en sus ovarios desde su mismo nacimiento, pero éstos no comenzarán a desarrollarse o madurar sino cuando ella alcance la pubertad. ¿Por qué es esto así?*

Durante los primeros años hay una conjunto de células protectoras rodeando los óvulos. Estas células se llaman *«folículos»;* este término viene de la palabra latina que significa «concha» o «vaina». Un folículo es algo parecido a una pequeña vainita con un solo guisante adentro.

El huevo u óvulo es muy importante, por cuanto contiene la posibilidad de una nueva vida. Pero el óvulo unido al espermatozoide no puede valerse por sí solo. Necesita ayuda.

El sistema hormonal entiende esto, de modo que libera una segunda hormona, la cual se pone a trabajar en la «vaina» o folículo de la cual se ha desprendido el óvulo. La hormona hace que la «vaina» se convierta en una pequeña aglomeración de tejido rosáceo amarillento, que se llama cuerpo lúteo.

El cuerpo lúteo se pone de inmediato a trabajar para producir otra hormona llamada progesterona. El término «progesterona» proviene de una palabra del latín que significa «con antelación a la preñez», sugiriendo que esta hormona saldrá antes y alistará las cosas por si acaso ocurriera el embarazo.

¿Qué hace la progesterona? Posibilita que el revestimiento interior del útero se suavice, tornándose como un cojín esponjoso, de modo que si el óvulo y el espermatozoide se unen puedan hallar allí una cama cómoda y suave. La progesterona también ordena a las glándulas a producir azúcar y otros nutrientes para alimentar la nueva vida. La placenta (el órgano que conecta al cordón umbilical del bebé con las paredes del útero) empieza a crear hormonas, estrógeno, progesterona y estas a su vez envían «mensajes» a los senos para que se desarrollen y se preparen para producir leche para la nueva vida que ha comenzado.

Maravilloso, ¿verdad? Si Dios ha planeado tan cuidadosa y detalladamente el proceso para traer niños al mundo, ¿no deberíamos nosotros también ser igual de cuidadosos para no arruinar su plan? Él quiso que los bebitos nacieran en hogares en donde haya una madre y un padre que los quieran y que tengan suficiente capacidad, habilidad y edad como para trabajar y cuidarlos en todo sentido. Es verdad, por supuesto, que la unión sexual no tiene el propósito único de producir bebés, sino también de dar placer y satisfacción al esposo y a la esposa; pero debido a que la preñez puede ocurrir al tener la unión sexual, esta debe realizarse sólo entre los esposos ¿verdad?

Esta fue una larga respuesta a tu pregunta, ¿no es así?

27. *¿Hay alguna manera en que una muchacha pueda saber cuándo tiene lugar la ovulación?*

Algunas veces cuando el óvulo maduro es expulsado de su folículo, un poquito de fluido puede escaparse hacia el abdomen. Si esto ocurre, la mujer puede sentir algunos aguijonazos en su vientre y una muy observadora puede ser capaz de identificar esto como la ovulación. También hay un ligero cambio en la temperatura del cuerpo femenino, pero es tan leve que la mayoría tienen dificultad en notarlo, a menos que se tomen y anoten diariamente su temperatura. Usualmente se puede pensar de la ovulación como un procedimiento tranquilo y oculto. Por lo general la muchacha o la mujer no puede estar en realidad segura de cuándo está ocurriendo.

28. *¿Sabrán los muchachos que estoy menstruando? Una de las chicas en la escuela me dijo que ellos pueden mirarte a los ojos y saberlo. ¿Debería usar anteojos oscuros?*

Si los usas, ¿no crees que ellos empezarán a preguntarse por qué te los pones sólo ciertos días del mes? No te preocupes. Por lo general los muchachos no se dan cuenta.

29. *¿Cambiarán las actitudes de los muchachos si saben que ya he empezado a menstruar?*

Tal vez sí, tal vez no. Quizás sepan algo en cuanto a la menstruación, pero a lo mejor no comprenden completamente el proceso. Pueden pensar que es algo misterioso. O te traten como si pudieras quebrarte, o sea, pueden tener temor de jugar rudamente contigo.

Quizás descubras que en realidad te sientes que has crecido y de pronto los chicos parecen ser muy niños y tú te sientes muy vieja. Además posiblemente estés más consciente del hecho de que eres más alta que muchos de ellos. Ten paciencia. En dos o tres años las cosas se nivelarán.

Conversa sobre las siguiente preguntas con tu madre, tu abuela, una hermana mayor, tía, maestra de escuela o alguna mujer madura con la cual te sientas cómoda y en confianza.

Algunas personas les dicen a las niñas que cuando empiezan a menstruar se convierten en mujeres.

¿Estaría usted de acuerdo con esta declaración?

¿Qué es lo que probablemente quieran decir?

¿Qué piensa sobre la expresión «convertirse en mujer»?

4 ❖ ¿CÓMO SE FORMAN LOS NIÑOS?

«¡Poder crear un ser humano que respirará y se moverá, caminará y hablará, amará y aborrecerá, sentirá, pensará, trabajará… y conocerá a Dios! Oh, qué maravilla».

Devociones para nuevas madres
por Mildred Tengbom

¿Has aprendido algo nuevo en lo que has leído? ¿Qué es lo que te parece más maravilloso?

Quedé intrigada por varias cosas, por ejemplo, la manera en que la orina automáticamente se cierra cuando un hombre tiene relación sexual. (¡Qué alivio tanto para el esposo y la esposa saber esto!) Y, ¿no es maravilloso que una glándula del tamaño de un frijol, la pituitaria, localizada en lo más profundo de nuestras cabezas, controle la cantidad de hormona liberada en la niña, protegiéndola hasta que tenga la suficiente edad como para tener un bebé? ¡E imagínate cómo un tubito de siete metros de largo puede enrollarse hasta caber en un espacio de casi cinco centímetros de largo, tal como el epidídimo!

Me maravilla también cuán cuidadosamente ha planeado Dios todo, de modo que los cambios en nuestro cuerpo se sucedan en el tiempo apropiado. Hay un plan maestro detrás de todo, diseñado por un Creador Maestro.

Y esos cambios corporales están previstos de forma que podamos crecer y llegar a ser personas que pueden expresar amor por otro ser humano a través del sexo. Al mismo tiempo, somos diferentes de los animales, (los que también tienen funciones sexuales), debido a que sabemos que el sexo, maravilloso como es, es solamente *una* expresión de amor. Es más, si los otros elementos de una relación no son buenos, el sexo tampoco lo es.

Me viene el pensamiento de cómo los seres humanos son distintos a los animales, porque los humanos tienen conocimiento acerca de la muerte. Esa es una razón por la cual es tremendamente importante comprender nuestros cuerpos y el poder que tenemos sobre la vida y la muerte. Podemos crear vida. También podemos destruirla. ¡Asombroso! ¿Verdad?

Ahora examinemos eso un poco más detalladamente, ¿te parece? ¿Entiendes en realidad cómo «se forma un bebé»? Acompáñame y descúbrelo, para que sepas los hechos correctos.

Verdadero o falso

(Respuestas en la siguiente página)

1. ______ Una muchacha puede quedar encinta al besar.
2. ______ El bebé se desarrolla en las trompas de Falopio.
3. ______ Si los espermatozoides no encuentran un óvulo con el cual unirse, salen del cuerpo de la mujer.
4. ______ Cuando la niña nace no tiene ningún órgano sexual. Sus órganos sexuales se desarrollan más tarde.
5. ______ El muchacho nace sin células espermáticas. Estas se desarrollan más tarde.
6. ______ Incluso cuando un hombre pudiera eyacular cien millones de espermatozoides, es posible que ni así pueda engendrar un hijo.
7. ______ El óvulo que se desprende del cuerpo de la mujer es aproximadamente del tamaño de un huevo de pájaro.
8. ______ El espermatozoide mide aproximadamente tres milímetros de largo.
9. ______ La esperma del padre determina el sexo del niño que nacerá.
10. ______ Las células humanas tienen cuarenta y seis cromosomas, pero el óvulo femenino y el espermatozoide masculino tienen cada uno sólo veintitrés.

Respuestas a Verdadero o falso

1. *Falso.* Una muchacha no puede quedar encinta al besar. La única manera en que puede quedar embarazada es cuando los espermatozoides de un hombre se unen con un óvulo en el cuerpo de ella.

Ocurre de la siguiente manera: El hombre inserta su pene dentro de la vagina de la mujer. En el clímax de la excitación sexual él eyacula semen, o sea, el semen se expulsa a través del pene y se deposita dentro de la vagina, la cual tiene una sustancia mucosa que recibe el semen y los espermatozoides nadan hacia arriba en busca del útero. Pero no se detienen allí. Como diminutos renacuajos continúan agitando su cola hasta llegar a las trompas de Falopio. Si es el momento propicio en el ciclo menstrual de la muchacha y un óvulo ha sido liberado de su folículo y un espermatozoide lo halla y se une a él, tiene lugar la concepción y ella queda encinta.

2. *Falso.* Un bebé normalmente no se desarrolla en las trompas de Falopio. Después de unirse el óvulo con el espermatozoide, el óvulo fertilizado desciende por las trompas de Falopio hasta el útero y se adhiere al revestimiento de sus paredes y empieza a desarrollarse. Si el óvulo fertilizado se pega a las trompas de Falopio («embarazo ectópico»), debe ser extirpado quirúrgicamente para evitar lesiones en la madre.

3. *Falso.* El óvulo sin fertilizar sale del cuerpo de la mujer, junto con el revestimiento mucoso del útero, en la secreción que tiene lugar durante la menstruación. Los espermatozoides simplemente se disuelven.

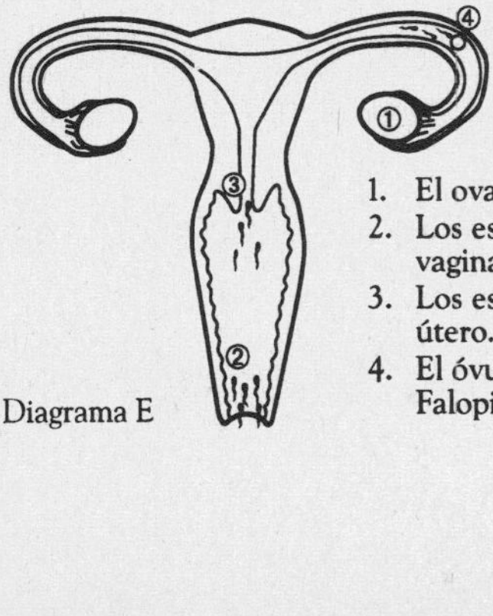

Diagrama E

1. El ovario deja en libertad un óvulo.
2. Los espermatozoides entran en el útero por medio de la vagina.
3. Los espermatozoides pasan a través del cuello y del útero.
4. El óvulo y el espermatozoide se unen en las trompas de Falopio.

4. *Falso.* La niña nace con todos sus órganos sexuales. En sus ovarios hay millares de óvulos todavía sin desarrollarse. Los óvulos empiezan a desarrollarse y a madurar después de que la joven alcanza la pubertad (comienza después de los nueve años y varía de muchacha a muchacha). Usualmente sólo madura un óvulo a la vez, el cual cuando está maduro y listo para la concepción, se desprende del ovario. En el curso de la vida de una mujer maduran alrededor de cuatrocientos a quinientos óvulos. Sólo unos pocos de estos llegan a unirse con los espermatozoides y se desarrollan hasta convertirse en bebés.

5. *Verdadero.* El muchacho nace sin espermatozoides. El cuerpo del varón empieza a producirlos cuando el muchacho alcanza la pubertad (alrededor de los 12 años). El cuerpo del varón produce miles de millones de espermatozoides durante el curso de su vida. Cuando eyacula, el semen expulsado contiene entre doscientos y quinientos millones de espermatozoides, ¡algunas veces mil millones!

6. *Verdadero.* Incluso cuando un hombre eyaculara cien millones de espermatozoides, puede ser incapaz de engendrar un hijo. Para que un niño empiece a formarse se necesita solamente que un único espermatozoide se una a un óvulo, pero el óvulo tiene una capa química de revestimiento, la cual hay que disolver antes de que el espermatozoide pueda penetrar. ¿Cómo resuelve el problema el espermatozoide? Pues bien, nuestro Dios Creador planeó las cosas como para que el espermatozoide produzca una enzima lo suficientemente fuerte como para diluir esa capa química; cuando ésta se ablanda

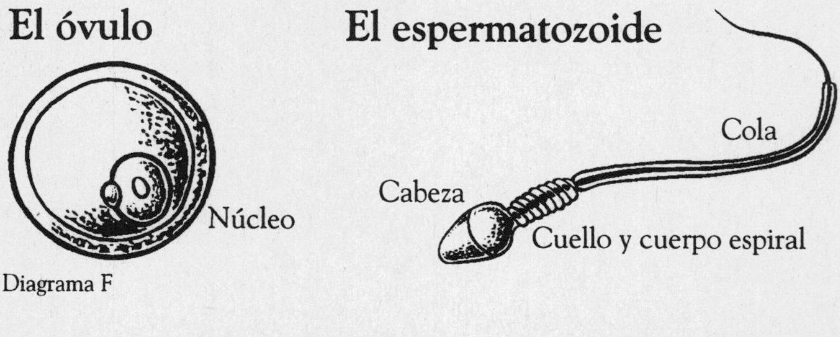

Diagrama F

lo suficiente, un espermatozoide puede penetrar en el óvulo. Pero se requiere de millones de células espermáticas para producir suficiente enzima como para disolver ese recubrimiento químico. Si no hay suficientes espermatozoides en el semen del varón, no habrá bastante enzima para diluir la capa que recubre al óvulo. De modo que el espermatozoide que finalmente logra introducirse en el óvulo tiene que depender de otros espermatozoides para tener éxito; millones de espermatozoides morirán para que uno solo de ellos pueda entrar en el óvulo y producir una nueva vida.

7. *Falso.* El óvulo que producen los ovarios de la mujer es más pequeño que el punto con que termina esta oración.

8. *Falso.* El espermatozoide es tan pequeño que sólo puede verse por medio de un microscopio.

9. *Verdadero.* Cada óvulo y espermatozoide contiene un cromosoma del sexo. (Un cromosoma es un cuerpo microscópico que lleva nuestros genes, o sea, lo que heredamos de nuestros padres.) Los óvulos siempre tienen cromosomas femeninos, llamados X. Pero los espermatozoides pueden tener cromosomas X (femenino) o Y (masculinos). Si un espermatozoide con cromosoma X se une con un óvulo, se tienen dos cromosomas X, y el resultado es una niña. Pero si el espermatozoide que logra unirse con el óvulo lleva el cromosoma Y (masculino), entonces se tiene XY y el resultado es un varón. De modo que es el cromosoma en el espermatozoide del varón el que determina el sexo de la criatura.

10. *Verdadero.* Las células humanas tienen cuarenta y seis cromosomas, pero tanto el óvulo como el espermatozoide cuentan cada uno con sólo veintitrés. Cuando el óvulo se une con el espermatozoide, la nueva célula que forman tiene cuarenta y seis cromosomas, como todas las demás células humanas.

Selección múltiple

(Las respuestas aparecen después de esta sección)

Selecciona la respuesta correcta. En unos pocos casos más de una definición será acertada.

1. El núcleo del óvulo es (a) la capa externa del óvulo, (b) la ruta que sigue el óvulo fertilizado cuando recorre las trompas de Falopio hasta el útero, (c) el centro del óvulo, (d) la aglomeración de espermatozoides alrededor del óvulo.

2. ¿Qué porcentaje de características hereditarias recibe el hijo de su padre? (a) 40%, (b) 60%, (c) 50%, (d) 55%.

3. Los óvulos se desprenden de los ovarios de la mujer (a) cuando la mujer alcanza el orgasmo durante la relación sexual, (b) el primer día del período menstrual de la mujer, (c) a mediados del ciclo menstrual, (d) todo el tiempo.

4. La ovulación significa (a) que el óvulo y el espermatozoide se han unido, (b) que un óvulo se desprende de los ovarios, (c) que un óvulo sin fertilizar es descartado mediante el flujo menstrual.

5. El embrión es (a) un término usado para designar al óvulo fertilizado que empieza a crecer, (b) la cola del espermatozoide, (c) la parte del óvulo y del espermatozoide que contiene los genes, (c) el principio del ciclo menstrual.

6. El cordón umbilical es (a) el nombre que se le da a la cola del espermatozoide, (b) el cordón que sujeta al embrión con las paredes del útero para que no se caiga, (c) el «conducto» a través del cual el feto recibe nutrición desde la sangre de la madre.

7. La placenta es (a) el acto de colocar el pene en la vagina, (b) el órgano de forma de panqueque y formado por tejido y vasos sanguíneos que elimina los desechos del feto en crecimiento, (c) el órgano plano en el útero que permite pasar los nutrientes a través de sus paredes para nutrir al feto en crecimiento.

8. Un feto es (a) un embrión que tiene alrededor de dos meses, (b) el término médico dado al bebé antes del nacimiento,

pero después de que se han desarrollado los órganos, (c) el óvulo fertilizado, (d) el tejido que, si se lo deja en el cuerpo de la madre, se desarrollará en un bebé.

9. El saco amniótico es (a) la bolsa que hay dentro del escroto del varón, en donde se almacenan los espermatozoides, (b) la «bolsa de agua» en la cual es protegido el bebé en crecimiento, (c) la bolsa en los ovarios en donde se almacenan los óvulos.

10. Dolores de parto son (a) los dolores que la madre sufre para cuidarse apropiadamente durante su embarazo, (b) las contracciones musculares del útero que impulsan al bebé hacia afuera del cuerpo de la madre, (c) el dolor que siente un bebé al impulsarse para salir del cuerpo de la madre.

Respuestas a «Selección múltiple»

1. (c). El núcleo es la parte central del óvulo. Contiene todas las características hereditarias que la madre le transmitirá a su bebé: el color de los ojos y del pelo, el tamaño y forma de la nariz y del cuerpo, el grado de inteligencia, la aptitud musical, etc.

2. (c). Un hijo recibe del padre la mitad de sus características hereditarias y la otra mitad de su madre.

3. (c). La esperma del varón sale de su cuerpo durante la eyaculación, pero la actividad sexual no tiene nada que ver con el momento en que el óvulo se desprende del cuerpo de la mujer. El momento en que queda libre el óvulo es controlado por la glándula pituitaria en la cabeza y por los ovarios.

4. (b). La ovulación ocurre cuando el óvulo maduro se separa del ovario de la mujer. La mayoría no sabe cuándo exactamente ocurre esto. Unas pocas sienten una punzada de dolor. Otras experimentan una ligera secreción por la vagina. Pero usualmente no hay ninguna indicación.

5. (a). Cuando el óvulo fertilizado (o sea, el óvulo después que el espermatozoide ha penetrado) desciende por las trompas de Falopio hacia el útero, empieza a dividirse. Algunos dicen que comienza a parecerse a una mora. Cuando llega al útero, se pega al revestimiento que recubre las paredes. Este revestimiento tiene muchos vasos sanguíneos, para nutrir al embrión. Entonces un tubito empieza a crecer del óvulo. Este se aferra a las paredes del útero. Este tubo llega a ser como un tubo de inyección intravenosa, que trae alimento y oxígeno de la sangre de la madre al embrión, para que este pueda crecer. Este tubo también transporta los productos de desecho del embrión en crecimiento, tales como el dióxido de carbono. Con el tiempo se alarga más y más y lo conocemos como el cordón umbilical.

6. (c). Ver los comentarios que anteceden. El cordón umbilical está unido al abdomen del bebé en el lugar que llamamos ombligo. El otro extremo del cordón está unido a un órgano plano hecho de tejidos y vasos sanguíneos. Este órgano se llama la placenta.

7. (b) y (c). La placenta y el feto se hallan muy juntos. Por ósmosis los nutrientes pasan de la sangre de la madre (en la placenta) al bebé en crecimiento. También por ósmosis los productos de desecho, tales como el dióxido de carbono, pasan del bebé en crecimiento a la placenta. La sangre de la madre y del bebé, sin embargo, nunca se mezclan.

El principio de la vida humana

Diagrama G

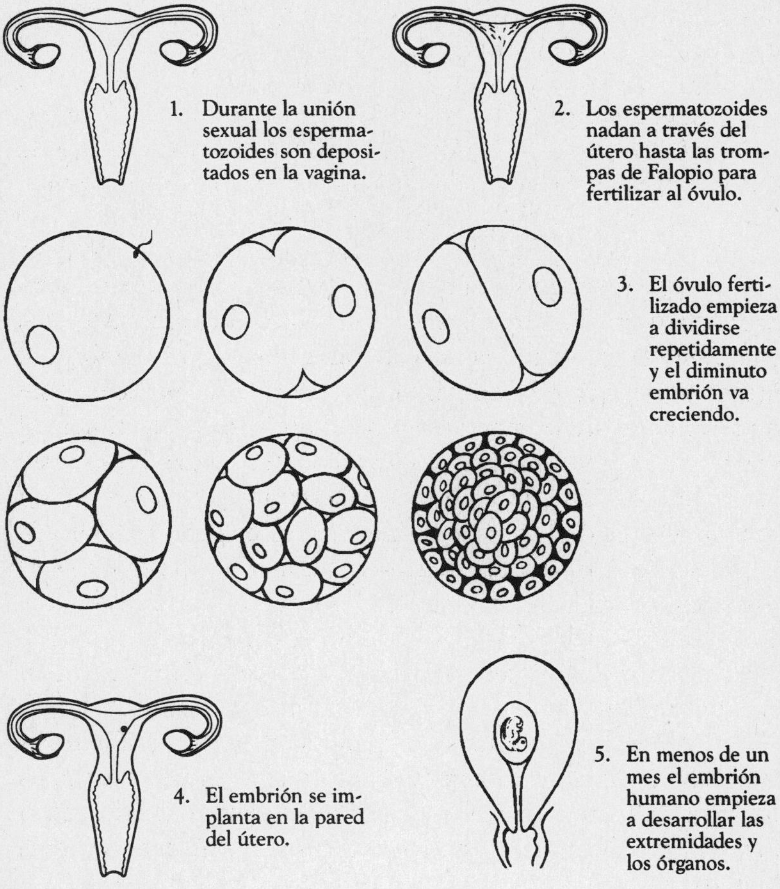

8. (a) y (b). Después de los dos primeros meses el embrión, que se ha desarrollado de modo que ya se han formado la cabeza, los brazos, piernas, dedos y orejas, se llama feto. Tiene alrededor de tres centímetros de largo y yace acurrucado. Véase el diagrama anterior.

9. (b). Dios ha provisto de una bolsa grande, elástica, llena de fluido, en la cual puede desarrollarse el bebé en crecimiento. Esta bolsa de fluido la protege de cualquier daño si la madre se cae o sufre alguna lesión. El líquido de la bolsa siempre está a la temperatura apropiada para que el bebé esté cómodo y pueda crecer.

10. (b). El bebé no hace nada para salir. Cuando tiene alrededor de nueve meses y está listo para vivir en el mundo exterior, los músculos del útero empiezan a contraerse y a empujarlo hacia abajo. Cuando la madre siente que los músculos se contraen, también empuja. Esto se llama parto o dar a luz o alumbramiento. Se siente algo de dolor, aun cuando algunas mujeres lo sufren más que otras. La cantidad de dolor depende de muchas cosas, tales como la condición física de la madre, su actitud, su capacidad para tolerarlo. Usualmente una mujer tiene más dificultad en dar a luz a su primer bebé, que a los subsiguientes. No sabemos qué experimenta un bebé al nacer. Pero el nacimiento de un hijo saludable debe ser un momento maravilloso para todos, incluyendo la madre, el padre, el médico o la partera, las enfermeras, los parientes y los amigos.

Un bebé emergiendo del canal de nacimiento

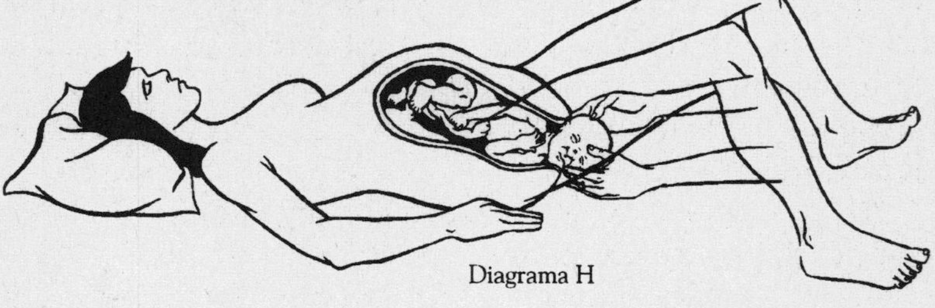

Diagrama H

Verdadero o falso

(Las respuestas se dan a continuación)

1. _____ El pene de un muchacho se agranda y se pone duro y erguido sólo cuando el muchacho se excita sexualmente.
2. _____ Si el pene del muchacho se ha puesto erecto debido a que ha visto o pensado en algo de naturaleza sexual, puede hacer que su pene pierda su erección pensando a propósito en alguna otra cosa.
3. _____ Cuando nace un niño trae ya cierta provisión de espermatozoides, de modo que debe tener mucho cuidado en cuanto a la manera en que esos espermatozoides son expulsados, conservándolos para cuando quiera tener hijos.
4. _____ La orina sale del cuerpo del hombre a través de un tubo llamado uretra, que se halla en el pene.
5. _____ Si un hombre tiene un pene grande disfrutará más de la relación sexual y podrá también dar mayor placer a la mujer.
6. _____ El escroto es muy sensible, no sólo a los golpes fuertes, sino también a la temperatura.
7. _____ Los pechos del hombre, como los de la mujer, tienen áreas sensibles que, si se las toca de una manera apropiada durante la relación sexual, puede producir sensaciones placenteras.
8. _____ Si un hombre tiene suficientes experiencias sexuales reales para satisfacer las necesidades de su cuerpo, no tendrá «sueños húmedos» en los cuales pierde semen por medio de la eyaculación mientras duerme.
9. _____ Si una niña no tiene roto el himen, es prueba de que es virgen.
10. _____ La primera vez que una mujer tiene una relación sexual, siempre es dolorosa.
11. _____ Las mujeres tienen un solo ovario, el cual produce y liberta un óvulo cada mes.

12. _____ A medida que el óvulo viaja de los ovarios al útero, pasa a través de un cierto túnel o tubo llamado trompa de Falopio.

13. _____ Una hormona masculina llamada testosterona le dice al cuerpo del muchacho cuándo es tiempo de empezar a cambiar y a convertirse en el cuerpo de un hombre.

14. _____ Un muchacho debe empezar a producir y a eyacular semen antes de tener 15 años o de lo contrario nunca podrá hacerlo.

15. _____ El cuerpo del hombre contiene solamente hormonas masculinas y el cuerpo de la mujer sólo hormonas femeninas.

16. _____ Las mujeres tienen órganos sexuales internos, ocultos, pero todos los órganos sexuales del hombre están en lo exterior.

Respuestas a Verdadero o falso

1. *Falso.* Pensar acerca del sexo, ver películas sexuales o leer historias eróticas puede causar la erección del pene, pero también una vejiga demasiado llena puede hacer que se ponga erecto. Inclusive sentir demasiado frío, lavarse el pene, soñar o usar ropa demasiado apretada puede motivar su erección. La erección del pene es normal en el hombre.

2. *Verdadero.* Sí; algunos doctores dicen que es beneficioso pensar deliberadamente en alguna otra cosa, si la erección del pene fue causada por pensamientos sexuales.

3. *Falso.* Un muchacho u hombre saludable produce millares de espermatozoides durante toda su vida.

4. *Verdadero.* La uretra sirve a un doble propósito: como un canal para la orina y como salida del semen durante la unión sexual. La orina, por supuesto, es detenida mediante un sistema especial de válvulas, de modo que entre sólo semen en la vagina de la mujer. Bien planeado, ¿no crees?

5. *Falso.* Por cierto que el disfrute sexual depende más del cerebro que del tamaño de los genitales. Todos los penes erectos sean chicos o grandes, tienen aproximadamente el mismo tamaño. Un pene sin erección mide, como promedio, alrededor de ocho centímetros de largo. Cuando se pone duro y erecto puede medir alrededor de quince centímetros. También se engrosa.

6. *Verdadero.* Cuando un hombre sale a la intemperie en tiempo frío el escroto se encoge, apegándose al cuerpo para mantenerse abrigado. Si se toma una ducha o un baño muy caliente, el escroto cuelga, alejándose del cuerpo. De esta manera protege la esperma que está dentro, la cual es muy sensible al calor. El escroto normalmente tiene una temperatura más baja que el resto del cuerpo. La esperma no podría sobrevivir a la temperatura del cuerpo.

7. *Verdadero.* El pezón y el área que rodea el pezón de los pechos del varón tiene muchas terminaciones nerviosas, que lo hacen sensible y que responda al tacto.

8. *Falso.* Las contracciones de los músculos que posibilitan la expulsión del semen mientras el hombre o el muchacho duermen, no son experiencia anormales o incorrectas. Algunos dicen que ocurre para dejar salir el semen (o espermatozoides) que se ha ido acumulando. Algunos opinan que ocurre en respuesta a los sueños. Haber tenido una relación sexual real no impide los sueños húmedos, ni parece haber relación alguna entre las dos cosas. La eyaculación del semen durante la noche mientras el hombre duerme, es un hecho perfectamente normal.

9. *Falso.* El himen puede romperse por el ejercicio o puede estirarse tanto y tan fácilmente que no necesite romperse.

10. *Falso.* En casos muy raros la ruptura del himen puede ser dolorosa, pero el dolor no se da comúnmente. Cuando una joven está planeando casarse debe acudir al médico para que la examine. La doctora puede estirar el himen si es necesario. También puede enseñarle cómo hacerlo por sí misma.

11. *Falso.* La mujer tiene dos ovarios. Son ovalados, como un huevo, y miden alrededor de cinco centímetros de largo por tres de ancho. Contienen millares de óvulos o huevos. Una vez al mes, sin embargo, usualmente un solo óvulo es dejado en libertad por uno de los ovarios. De vez en cuando quedan en libertad dos óvulos y si los espermatozoides se unen con ambos, nacen gemelos.

12. *Verdadero.* En su camino del ovario al útero el óvulo pasa por una especie de túnel o tubo llamado trompa de Falopio.

13. *Verdadero.* Esta hormona se produce en los testículos. Esta hormona también empieza a producir los espermatozoides en el muchacho.

14. *Falso.* Un muchacho puede empezar a producir y eyacular semen normalmente entre los diez y dieciséis o diecisiete años o incluso más tarde. Algunos muchachos se desarrollan más temprano que otros.

15. *Falso.* Los cuerpos de ambos sexos contienen cierta cantidad de cada hormona, pero en los hombres predominan las hormonas masculinas y en las mujeres predominan las hormonas femeninas.

16. *Verdadero.* Al parecer una de las razones por las cuales los órganos sexuales del hombre están al exterior es porque de lo contrario, el calor interno del cuerpo impediría la producción de espermatozoides. La esperma se produce en los testículos que están en el escroto, la pequeña bolsita que cuelga fuera del cuerpo. La temperatura del escroto es de aproximadamente un grado menos que la del interior del cuerpo.

Preguntas que hacen los muchachos

1. *He leído que hay una bomba de vacío que me puede ayudar a alargar más mi pene. ¿Sería eso una buena inversión? Me avergüenza tomar una ducha, por cuanto mi pene no es tan largo como el de otros muchachos.*

Gastar dinero en una bomba de vacío como la que describes sería un despilfarro. Todos tenemos diferentes formas y tamaños en el cuerpo. Incluso el tamaño de los penes varía. La buena noticia, sin embargo, es que cuando el hombre se excita sexualmente y está listo para la unión sexual, su pene, aunque sea pequeño en estado de reposo, crecerá hasta ser casi del mismo largo y del mismo grosor que uno que es más grande en estado de reposo. Por eso no te preocupes. El pene se ajustará a la vagina muy bien, pues ella es un órgano muscular elástico, que se estira para acomodarse al tamaño.

2. *¿Hay algo que anda mal conmigo? Cuando mi pene se pone erecto no está totalmente derecho. Tiene una curva.*

No te preocupes. Adquirirá la forma adecuada cuando penetre en la vagina.

3. *¿Consiste la relación sexual sólo en poner el pene dentro de la vagina?*

¡Por supuesto que no! Aparte del aspecto físico, necesitas entender el significado verdadero de la relación sexual. Es la manera más íntima en que puedes expresar amor hacia una persona del sexo opuesto. Por medio de la relación sexual el esposo puede darle a su esposa goce, satisfacción y sentimientos de seguridad; y ella puede darle lo mismo a él. Cuando un matrimonio tiene relación sexual, su principal preocupación debe ser: ¿Cómo puedo darle gozo, placer, confort, satisfacción y amor a esta persona a quien amo? Tanto el esposo como la esposa harían bien en hacerse esta pregunta.

Ahora bien, cuando hablamos de darle gozo a un cónyuge, sabemos instantáneamente que el acto físico por sí solo no lo logrará. Debemos amar a esa persona y expresar ese sentimiento en diferentes maneras. Sólo entonces la relación sexual tendrá el significado que Dios quiso que tuviera. Los esposos que riñen, que no se hablan mutuamente o que no disfrutan de la compañía mutua, rara vez disfrutan de la relación sexual. El amor tiene muchas facetas.

Y necesitamos recalcar de nuevo que la relación sexual debe ser únicamente para las personas casadas entre sí, para un hombre y una mujer que han hecho el pacto (promesa) de amarse y ser fieles el uno al otro por el resto de sus vidas.

4. *Algunas veces mi pene se pone erecto aun cuando yo no lo deseo. En ocasiones me despierto de noche y estoy mojado. ¿Por qué? ¿Es malo?*

Las muchachas tiene que acostumbrarse a su período menstrual. Los muchachos también tienen sus problemas. Muchos de ellos se sienten abochornados cuando el pene, algunas veces de pronto e inesperadamente, se pone erecto. Temen que otros lo noten. O se despiertan por la noche y descubren una mancha pegajosa y húmeda en las sábanas. No saben qué hacer. Se preguntan si dejará apestosas las sábanas o si hizo ruido al salir y si alguien pudo haberlo oído. ¿Significa esto que han perdido la pureza moral? Algunos realmente se preocupan bastante. No tienen por qué hacerlo. La mayoría de los muchachos entre los once y quince años tienen esta experiencia. Es otra señal de su crecimiento y de que el cuerpo se prepara para el tiempo en que procreará un hijo. Lo que en verdad ocurre es que los músculos se contraen, haciendo brotar el semen, el cual, como recordarás, contiene la esperma producida por los testes o testículos. Esta reacción, que se llama orgasmo o eyaculación, tiene lugar cuando el hombre tiene una relación sexual. Pero si ocurre por la noche, mientras está dormido, puede ser debido a algo que soñaba. El muchacho no tiene por qué sentir que ha pecado o hecho algo incorrecto, más bien debe agradecerle a Dios porque su cuerpo se desarrolla normalmente y puede pedirle a Él que le prepare bien para el día especial cuando llegará a ser padre.

5. *¿Por qué un bebé no se ahoga si está sumergido en el fluido que hay en la bolsa que le rodea mientras está en el vientre de la madre?*

El niño que todavía no nació no se ahoga, porque no depende de sus pulmones para respirar. Sin embargo, sí efectúa los movimientos respiratorios mientras está todavía en el útero de su madre. También tiene líquido amniótico en sus pulmones. De hecho, el desarrollo de los pulmones depende de la presencia del fluido amniótico.

6. *¿Se lastima al niño cuando se le corta el cordón umbilical después del nacimiento?*

No, el bebé no siente nada cuando se le corta el cordón umbilical.

7. *¿Pueden tener niños las personas que no están casadas?*

Sí, pueden tener niños sin estar casados. Algunas personas solteras tienen relaciones sexuales. La Palabra de Dios, no obstante, nos enseña que la relación sexual debe ser únicamente para los casadas entre sí.

8. *Si la esposa ya está encinta, ¿puede continuar teniendo relaciones sexuales con su esposo o quedará encinta con un segundo o un tercer hijo?*

Si la mujer ya está encinta, puede tener relaciones sexuales seguras con su esposo hasta que el niño nazca, a menos que el médico opine que hay alguna razón médica para no hacerlo. Las hormonas previenen a la mujer para no quedar embarazada nuevamente mientras está encinta.

9. *¿Cómo puede una persona saber la fecha en que nacerá el bebé?*

Es difícil estar absolutamente seguro de la fecha en que nacerá un bebé. Se requieren entre doscientos setenta a doscientos ochenta días desde que ocurre la concepción para que crezca y se desarrolle. Usualmente una madre trata de recordar el día en que empezó su último período menstrual. Entonces le añade siete días, cuenta tres meses hacia atrás y le añade un año; esto le da una fecha bastante aproximada al día en que nacerá el bebé, si todo marcha bien.

10. *¿Por qué algunos bebés nacen con defectos?*

Hay muchas razones por las cuales algunos bebés nacen con defectos. La mayoría de las veces los médicos no saben la causa exacta. En ocasiones los defectos pasan de una generación a la siguiente. Si la madre padece ciertas enfermedades mientras está encinta, el niño puede nacer deforme. La rubeola puede causar sordera, ceguera y defectos mentales. Ciertas diferencias sanguíneas entre el padre y la madre pueden causar deformidades. Algunas drogas causan anormalidades, e incluso algunas medicinas que tome la madre. Las que usan drogas ilegales y adictivas corren el riesgo de dar a luz a bebés que sufran de los mismos síntomas que sus padres toxicómanos al carecer de la droga. Fumar también afecta al feto.

11. *¿Qué ocurre cuando un bebé nace con los pies por delante?*

Solamente en un tres por ciento de los casos los bebés nacen con los pies por delante. El médico puede virarle dentro del útero antes de que nazca o puede guiarlo con seguridad por el canal del nacimiento. Tales alumbramientos se llaman «nacimientos de nalga». Muchos de esta naturaleza requieren una operación cesárea.

12. *Si el bebé nace mediante una operación, ¿tendrá la madre que ser operada cada vez que tenga otro niño?*

La cirugía de este tipo se llama una cesárea. El que la madre deba someterse a una operación cesárea para uno o para todos sus hijos depende de la razón para la cirugía original, el tipo de incisión uterina, las condiciones del siguiente embarazo y la filosofía y adiestramiento del médico que la atiende.

13. *¿Cuándo se considera que es prematuro un niño?*

Se considera prematuro un bebé que no ha permanecido suficiente tiempo en el útero de la madre. Un infante que nace tres semanas antes o dos semanas después de la fecha en que debía nacer, es considerado un bebé de tiempo completo. El status de prematuro no depende del tamaño del bebé, puesto que algunos niños de tiempo completo pueden pesar menos de cinco libras y media, si han sufrido algún retardo en el crecimiento mientras estaban en el útero de la madre.

14. *¿Son mejores amantes los muchachos que son buenos en los deportes y tienen cuerpos atléticos y fuertes? ¿Tienen mayor energía sexual y espermatozoides más fuertes para producir bebés, que los que son delgados y no participan en deportes?*

La constitución del cuerpo no hace ninguna diferencia. Los hombres pequeños y menos robustos, pueden ser más considerados, tiernos, gentiles, sensibles y comprensivos que los que participan en deportes físicamente competitivos. La mayoría de la mujeres necesitan que se las atraiga con gentileza para poder responder mejor, de modo que los hombres que son gentiles, pacientes y comprensivos son los mejores amantes. Y no hay absolutamente ninguna diferencia en la esperma de ninguno de ellos, ni tampoco en cuanto a la fertilidad de la misma.

5 ❖ ¿HAS CAPTADO EL MISTERIO Y EL ASOMBRO?

Pues bien, ¿cómo te fue en esas últimas pruebas? ¿Aprendiste algo nuevo? Espero que sí.

Vuelve a pensar, por un momento, en todos los pasos necesarios para que un niño llegue a existir, y nota la manera maravillosa cómo Dios planeó que un espermatozoide y un óvulo se unan, para que así un ser pueda formarse y nacer.

Como sabemos, los hombres producen espermatozoides. Mencionamos con anterioridad que para proteger la esperma, la cual es muy sensible al calor, Dios previó que se produjeran fuera del cuerpo mismo del hombre, en los testículos, los cuales están en una bolsita (el escroto). El Creador también diseñó esa bolsa de modo que cuando hay excesivo calor, como cuando se toma una ducha muy caliente, el escroto se relaja y se aleja del cuerpo, pero cuando hace frío se contrae y se apega al cuerpo. Es necesario que se mantenga en la temperatura exacta y el cuerpo se encarga de eso automáticamente. El hombre jamás necesita pensar en esto. Tampoco necesita pensar en los miles de millones de espermatozoides que produce.

El cuerpo de un muchacho no empieza a producir espermatozoides sino cuando alcanza la pubertad, pero la niña nace con cientos de diminutos óvulos en sus ovarios. Durante los años que transcurren hasta convertirse en una niña activa, correteando, saltando y jugando, su cuerpo vigila los óvulos de modo que no maduren. Muy profundo dentro de la cabeza de la niña está la glándula pituitaria. Esta glándula es un tipo de jefe administrador que envía mensajeros (hormonas) a través del torrente sanguíneo, a las diferentes glándulas del cuerpo y les dice lo que deben hacer.

La niña no se da cuenta de eso. No se preocupa. Corre, juega, se ríe, mientras su cuerpo se encarga de cuidarla bien. Pero todo el tiempo ellas están creciendo y creciendo. Y al jugar cuidando a su hermanito o hermanita o con sus muñecas, algunas veces piensa en el día en que se convertirá en madre.

Cuando cumple los nueve o diez años de edad, la glándula pituitaria empieza a enviar mensajeros (hormonas), avisándole al cuerpo que debe alistarse para la maravillosa aventura y experiencia de convertirse en madre. Las hormonas viajan por todos los lugares a través de la corriente sanguínea, diciéndoles a las varias glándulas que deben ponerse a trabajar. Crecer el pelo. Desarrollar los senos. Redondear sus caderas. Darle a su cuerpo una forma suave y redondeada.

Muy dentro del cuerpo de la niña, en su útero y en sus ovarios, otros cambios empiezan a llevarse a cabo. Es tiempo para que los diminutos óvulos comiencen a madurar. La glándula pituitaria envía una hormona que inicia el trabajo. Siete u ocho días después envía una segunda hormona, que contribuye a completar la tarea.

Cada óvulo está protegido en una «vaina» o folículo. Cuando el óvulo madura, está finalmente listo para abandonar su folículo. Se desprende y flota hasta la trompa de Falopio. Si el óvulo pudiera sentir y hablar, me parece que se emocionaría mucho (¿no te parece?). Sentiría que algo nuevo está a punto de ocurrir, pero se preguntaría: ¿qué ocurrirá?

El destino de esos primeros óvulos, sin embargo, será diferente del de otros más tarde. La niña todavía es muy joven para ser una madre responsable y firme. Aun no se ha casado. Por lo tanto, debido a que es soltera y no tiene marido que ponga en ella espermatozoides, el óvulo sale de su cuerpo durante su período menstrual.

Al mismo tiempo la glándula pituitaria envía hormonas para que madure el óvulo, también manda hormonas para preparar un sitio en donde anidará el huevo en caso de que se una con un espermatozoide. Estas hormonas trabajan en el útero produciendo diminutas células sanguíneas y otras substancias nutritivas.

El folículo del óvulo también cambia su substancia y comienza a producir otra hormona, la progesterona, la cual suaviza las paredes del útero, haciéndolas acolchadas y confortables, para que anide en ellas el óvulo. Pero cuando el óvulo no se encuentra con un espermatozoide, toda esta preparación se torna innecesaria.

El primer óvulo no encontró un compañero y tal vez pasarán varios años antes de que uno halle un espermatozoide. Todo el tiempo el cuerpo de la mujer se está preparando mejor para ser madre. Intelectual y emocionalmente, también, tanto niñas como muchachos maduran para asumir las responsabilidades de ser padres.

Finalmente llega el día de la boda. Entonces, en un acto de amor, el esposo siembra sus espermatozoides en la vagina de su esposa. Ahora empieza un gran drama.

¿Qué ocurre con los millones y millones de espermatozoides que el esposo planta en la vagina de su esposa? Ellos agitan violentamente sus colas, para avanzar atropelladamente por la vagina en dirección al útero. Pero no se detienen allí. Si es el tiempo propicio del mes, un óvulo se habrá desprendido de su folículo y estará esperando en una de las trompas de Falopio la llegada de los espermatozoides. De alguna manera saben donde está el óvulo, de modo que se empujan y apretujan al entrar en las trompas. Cuando hallan el óvulo se arremolinan a su alrededor.

Desde que los espermatozoides entraron en el cuerpo de la mujer, estuvieron muy atareados produciendo una enzima especial para disolver el recubrimiento químico del óvulo. Si hay suficientes espermatozoides (cientos de millones) para fabricar suficiente enzima, ésta logrará diluir la capa que recubre al óvulo. ¿Puedes imaginarte la excitación de los espermatozoides mientras nadan alrededor del óvulo, empujándose unos a otros, tratando de encontrar un sitio por donde penetrar? Si el óvulo pudiera sentir que su recubrimiento está suavizándose, te apuesto que se pondría algo nervioso, ¿no crees?

Finalmente un espermatozoide piensa que ha logrado ver un punto suave y se lanza de cabeza apuntando con su minúscula nariz; se lanza con toda su fuerza, ¡y triunfa! Penetra en el óvulo. El agujero se sella muy rápidamente, de modo que ningún otro espermatozoide puede entrar. Los demás siguen nadando alrededor, lentamente muriendo y desintegrándose.

¡Qué maravilla vemos aquí! Sólo un óvulo madura cada mes y se desprende de su folículo. El cuerpo se encarga de esto y la mujer ni siquiera tiene que pensarlo, ni hacer nada al respecto. De vez en cuando maduran dos óvulos a la vez, algunas veces hasta cinco y entonces es cuando nacen gemelos, trillizos, cuatrillizos o quintillizos. Pero esto no es usual. Supón, sin embargo, que el cuerpo no fuera confiable, que algunos meses en lugar de producir un óvulo maduro, maduraran diez a la vez. ¿Qué mujer pudiera sobrevivir al parto en que diera a luz diez hijos? Pero el cuerpo actúa en forma responsable y sólo madura un óvulo cada mes.

Tal vez te estés preguntando, como yo, acerca de los millones de espermatozoides que no logran unirse con un óvulo. Muchos óvulos también se desperdician (alrededor de cuatrocientos o quinientos maduran en el curso de la vida de una mujer). Pero de todos estos, cuántos llegan a ser bebés? ¿Uno? ¿Dos? ¿Seis? Algunas veces, ninguno.

«¿Por qué todo este desperdicio?» quizás preguntes.

En realidad, este «desperdicio» demuestra un principio de la vida. Por ejemplo, si la flor se convierte en semilla y si éstas caen en la tierra, ¿cuántas de ellas realmente germinan y crecen? Sólo unas pocas. Si tocas el piano, ¿cuántas horas debes practicar antes de poder hacerlo sin errores y con sentimiento? Muchas. Si estudias para un examen, atiborras mucha información en tu cabeza, pero, ¿cuánto realmente usas para responder a las preguntas? Una fracción. Para cada buena realización en la vida, se gasta mucho esfuerzo que de una manera u otra pudiera parecer como que se ha desperdiciado.

De la misma manera tú y yo llegamos a existir a costa de millones de espermatozoides que murieron en el intento. Si no se hubieran sacrificado, no existiríamos. Si nuestras madres no hubieran estado dispuestas a darnos albergue en sus vientres, soportar incomodidad y dolor, no existiríamos. Y si Jesús no hubiera estado dispuesto a dar Su vida y morir por nosotros, la vida que conocemos no podría ser vida eterna con Dios, incluso después de la muerte. Piensa de todo el sacrificio que se ha hecho por nosotros. ¡Somos valiosos!

Y tú y yo somos maravillas. Cuando un óvulo, con veintitrés cromosomas se une con un espermatozoide con veintitrés cromosomas, los dos se convierten en una célula viva, como todas las demás células del cuerpo, las cuales tienen cuarenta y seis cromosomas. Las dos partes incompletas se convierten en algo completo.

Cada espermatozoide y cada óvulo contiene una diferente «mezcla» de cromosomas, las cuales llevan todas las características genéticas que hacen que seas como eres: pequeño o alto, delgado o con tendencia a engordar, con piel trigueña o con piel clara, pelo negro o rubio, alegre y risueño o serio, músico o mecánico, etc. Pero, piensa. Si cualquier otro espermatozoide distinto al que se unió con el óvulo de tu madre, se hubiera unido con ese óvulo, serías una persona diferente. ¿No es eso asombroso? Ciertamente Dios estaba vigilándote, incluso mientras, te formabas. El salmista lo creía así, de modo que escribió:

> Tú fuiste quien formó todo mi cuerpo; tú me formaste en el vientre de mi madre. Te alabo porque estoy maravillado, porque es maravilloso lo que has hecho. ¡De ello estoy convencido! No te fue oculto el desarrollo de mi cuerpo mientras yo era formado en lo secreto, mientras era formado en lo más profundo de la tierra. Tus ojos vieron mi cuerpo en formación; todo eso estaba escrito en tu libro. Habías señalado los días de mi vida cuando aún no existía ninguno de ellos. Oh Dios, qué profundos me son tus pensamientos; ¡infinito es el conjunto de ellos! Si yo quisiera contarlos, serían más que la arena; y si acaso terminara, aún estaría contigo.
>
> *(Salmo 139.13-18 VP)*

Pero las maravillas no se han acabado. Describimos antes el proceso por el cual, mientras el óvulo está madurando, el útero se prepara para ser el alojamiento acolchado, tibio, protector y alimentador para el óvulo fertilizado por el espermatozoide. La célula formada por la unión del óvulo y el espermatozoide ahora nada descendiendo hacia el útero y se adhiere a su pared. Del óvulo crece un tubito que se aferra a un órgano llamado placenta. Por este tubo, el cordón umbilical, el nuevo bebé en crecimiento se alimenta y desecha los productos de desperdicio.

El cuerpo se ajusta ahora que hay una nueva vida formándose. La glándula pituitaria envía órdenes mediante sus mensajeros: las hormonas. No madurarán más óvulos hasta que nazca el bebé. La menstruación debe cesar.

Los pechos de la madre se alistan para producir leche cuando nazca el bebé. El cuerpo está pensándolo de antemano, planeando para la hora dichosa, que será unos nueve meses después.

Pero el misterio más grande de todos es que aunque el esposo y la esposa tienen su parte para formar una nueva vida física, Dios interviene y le da un alma. Esta nueva alma, sin embargo, más tarde será capaz de responder en amor a Dios y a otros, pero también pudiera darle la espalda a su Creador.

El alma es lo que en realidad hace persona a la persona. Para comprender esto, sólo necesitamos observar el cuerpo de alguien después de su muerte. Aunque reconocemos el cuerpo, la persona, según la conocimos mientras vivía, simplemente ya no está allí. Aun cuando no todos los cristianos concuerdan al detalle en cuanto a lo que le ocurre al alma después de la muerte, sabemos que nuestras almas están bajo el cuidado de Dios. Las almas viven para siempre y los que han depositado su fe en Cristo un día hallarán un hogar en un cuerpo nuevo, formado según el cuerpo de resurrección de Jesús.

Ahora, al volver a recorrer la maravillosa y detallada manera en que Dios ha planeado que nuestro cuerpo realice, responsable, fiel y calladamente su tarea de llevar a la nueva vida hasta el nacimiento, debemos decirnos: «Quiero ser igual de responsable y cuidadoso como Dios. Así como Dios ha provisto de un lugar tibio y seguro para que crezca la criatura, así debo asegurarme de que yo, con mi esposo o esposa, puedo proveer un hogar seguro, cariñoso y cálido para que crezca nuestro bebé. No me pondré a juguetear con las partes reproductivas de mi cuerpo y respetaré sus poderes de reproducción. Le mostraré a Dios que así como Él me ha confiado la capacidad de llegar a ser padre, pueda confiar en que yo usaré esos poderes solamente cómo Él planeó que deberían usarse».

No será fácil, sin embargo, aferrarse a esa resolución cuando la presión sea intensa. Te apuesto a que ya estás sintiendo presión en la escuela a tener relaciones sexuales, ¿verdad que sí? O, si todavía no la has sentido, la sentirás. Es extraño, pero hoy en día los que no quieren tener relaciones sexuales sino después de casados son considerados los raros, los cretinos, a quienes se ridiculiza.

Por tanto, consideremos en el siguiente capítulo cómo podemos apegarnos a nuestra resolución de proteger nuestra maravillosa sexualidad hasta que nos casemos.

6 ❖ ¿CUÁNDO PODRÍA EMPEZAR A SALIR CON ALGUIEN? Y, ¿CÓMO SABRÉ SI ESTOY ENAMORADO?

Preguntas que hacen los chicos

1. *Tengo catorce años. Mis padres todavía tienen reglas en cuanto a la frecuencia en que puedo salir con alguien, a qué hora debo regresar a casa, etc. Pienso que ya tengo suficiente edad como para tomar estas decisiones yo mismo. ¿Qué puedo hacer?*

Habla con tus padres. Diles cómo te sientes. Explícales por qué te sientes así. No los sermonees ni les regañes ni les grites y no les digas que no te entienden. Simplemente expresa tu punto de vista. Y luego, diles que los quieres mucho.

Entonces pregúntales cuál es su punto de vista. Espero que sea una charla calmada y sin griterías. Escúchalos. Eso significa tratar de ponerte en su lugar, para poder ver las cosas desde su punto de vista. Después de todo, se preocupan por ti. No escuches a medias mientras que tu cerebro busca una respuesta para todo lo que digan. Después de esta conversación, búscate un lugar para estar solo y meditar. ¿Hay algunos puntos que estimas que se podrían negociar? Si piensas que sí, pregúntales a tus padres si puedes volver a conversar.

Diferentes padres formulan diferentes reglas por diferentes razones. Pero usualmente los adolescentes pueden estar seguros de que sus padres los quieren y desean sólo lo mejor para sus hijos. Si los padres tienen reglas, muy a menudo es porque quieren ayudar y proteger a sus hijos e hijas hasta que éstos tengan suficiente edad y sean lo bastante responsables y confiables como para vivir sin normas. El argumento más convincente que puedes darles, es demostrar, en todas las formas posibles, que eres responsable y confiable. Si actúas como un adulto, tus padres te tratarán como adulto. Si no, pues...

2. *¿Cómo puedo realmente saber lo que es el verdadero amor?*

Esa es una pregunta difícil, pero muy buena. Es difícil porque, sobre todo cuando eres adolescente y estás apenas empezando a aprender acerca del amor, a menudo se confunde el amor con un amorío. Muy posiblemente tendrás entre ocho y una docena de romances antes de empezar a querer de verdad a alguien. Es bueno preguntar qué es el verdadero amor porque los matrimonios cada vez más duran sólo unos pocos años. El divorcio siempre hiere y es doloroso, de modo que querrás hacer todo lo posible para evitarlo, ¿verdad? Por lo tanto, es sabio proceder lenta y cautelosamente en tus relaciones.

Las siguientes son algunas de las diferencias entre enamoramiento, o sea, tener un amorío y el verdadero amor. Pensar en estas diferencias te puede ayudar a comprender lo que es el verdadero amor.

Enamoramiento	*Verdadero amor*
a. La apariencia física y el vestido de la persona son muy importantes.	a. La apariencia física no es lo más importante. Hasta puedes querer a alguien que tiene una apariencia opuesta a la que originalmente considerabas como «ideal».
b. Estás más consciente de cómo esta persona te excita sexualmente.	b. Te gusta tocar a esta persona y estar cerca de ella, pero también son buenos amigos y disfrutan haciendo juntos diferentes actividades.

c. Cuando están juntos, piensas en besarla y pasas mucho tiempo besándola y disfrutándola.	c. Disfrutas en realizar juntos cosas tales como jugar al tenis, etc. Mostrarse afecto ocupa sólo una parte del tiempo que pasan juntos, aun cuando siempre son corteses y respetuosos el uno con el otro.
d. No puedes ver nada de malo en esa persona.	d. La otra persona algunas veces hace cosas que te fastidian, pero aprendes cómo resolver estos problemas.
e. Tienes miedo de ser tú mismo, por temor a que a la otra persona no le guste, de modo que finges mucho.	e. Sabes que van a vivir juntos el resto de la vida si se casan, por tanto, concluyes que es mejor que sepa ahora mismo cómo en realidad eres. Pretender o fingir la mayor parte del tiempo sólo crea demasiada tensión y agota.
f. Piensas principalmente en la satisfacción que la otra persona te puede dar.	f. Piensas en cómo hacerla feliz.
g. Sólo unas pocas cosas te atraen hacia esa persona: tal vez su apariencia, o «la manera como trata a los demás» o quizás su personalidad.	g. Muchas cosas te atraen, además de la apariencia. Tienen intereses comunes. Tienen los mismos valores e iguales metas en la vida. Les gusta hacer actividades juntos. Disfrutan pasar el tiempo simplemente conversando.
h. Tus padres piensan que debes esperar más tiempo antes de permitir que esta relación se torne seria. Si los presionas, tal vez ellos te digan que dudan que esta sea la apropiada para ti.	h. A tus padres les gusta tu amigo o amiga. Te animan a que se conozcan mejor. Sugieren que la invites a pasar tiempo con la familia.

3. *¿Qué se debe hacer cuando ves a tu enamorado con otra muchacha? ¿O si ves a tu enamorada con otro muchacho?*

Pongamos la pregunta al revés. Un chico estupendo, a quien

has admirado por mucho tiempo, por fin te invita a salir con él. Antes de llevarte de regreso a tu casa, se detienen a comer helados. Allí ves a un muchacho con quien saliste a menudo en los últimos meses. Él te ve. La próxima vez que se encuentren, ¿cómo quieres que él te trate? ¿Sería tu respuesta a esta pregunta también la que tú hiciste?

4. *¿Cómo manejar la situación cuando tu amigo tiene un problema con drogas o alcohol?*

En primer lugar, no vuelvas a salir con él. Segundo, considera si puedes convencerlo que busque ayuda. Si no lo consigues, elige otros amigos.

5. *¿Cómo lidiar con la siguiente situación? En realidad te gustaba alguien, pero perdiste el interés. Ahora esta persona ha empezado a causarte problemas.*

La mejor solución es hacer todo lo posible por mantenerte lejos y evitarla, hasta que el asunto se enfríe y se interese en algún otro. Si no puedes evadirla, no hagas ningún comentario en respuesta a sus palabras de desdén. Déjalas que caigan sobre ti como si fuera lluvia. La mayoría de las personas con el tiempo pierden el interés si no consiguen ninguna respuesta.

6. *¿Cómo le explicas a alguien que no quieres volver a verle?*

Puedes decirle: «A nuestra edad debemos conocer a muchas personas. Hemos tenido un buen tiempo juntos, pero ahora prefiero conocer mejor a otros. Tal vez tú también. De todas maneras, prefiero hacerlo así».

7. *¿Cómo puede uno sobreponerse a la timidez para poder hablarle a alguien que le gusta?*

Tal vez descubras que al atreverte y empezar a hablar, todo será fácil; al punto que luego te preguntes por qué te preocupaba tanto. Trata de buscar la oportunidad de trabajar juntos en algún proyecto ya sea en la escuela o en la iglesia. Entonces tendrán una ocasión natural para conversar. Algunas veces es más fácil hablarle por teléfono. O puedes escribirle una nota invitándola a almorzar juntos al día siguiente.[1]

8. *¿Cómo puedes mantener una relación cuando ambos viven lejos entre sí?*

¡No es fácil! Existe el teléfono, por supuesto, pero alguien tiene que pagar las cuentas por usarlo. Escribir cartas es mejor. De hecho, puedes llegar a conocer a la persona bastante bien por medio de cartas. Si eres capaz de mantener una relación viva por medio de cartas y llamadas por teléfono (mayormente cartas), probablemente querrán volverse a ver después de un año. Tal vez puedes invitar a tu amigo o amiga a pasar una semana de vacaciones con tu familia. O lo dos pueden tal vez pasar una semana asistiendo al mismo campamento.

9. *¿Por qué los muchachos y muchachas de hoy piensan que el sexo es tan importante en sus vidas?*

Probablemente debido a que la mayoría de ellos han sido muy influidos por la televisión, las películas, las historias, las fotografías y los anuncios de publicidad. Son bombardeados diariamente con imágenes que siempre presentan al sexo como algo glamoroso, como si fuera la respuesta a todos los problemas. Añádase a esto que en la adolescencia uno descubre su propia sexualidad y sus deseos sexuales. ¡Es mucha la presión!

10. *¿Cómo puede uno manejar la situación cuando a una y a su mejor amiga les gusta el mismo muchacho, y a él le empieza a gustar más tu amiga y ella se vanagloria?*

Eso en realidad duele, ¿verdad? Es como tener una espada de doble filo ensartada y ambos te destrozan.

Hazte la siguiente pregunta: ¿Merece esta muchacha ser mi mejor amiga? Al actuar así, ella revela una nueva faceta de su carácter, ¿verdad? Tal vez necesitas buscarte una nueva amiga

---

[1] Si la timidez es para ti un *gran* problema, tal vez hallarás útil leer *Why Am I Shy? Turning Shyness to Confidence* [¿Por qué soy tímido? Convirtiendo la timidez en confianza], de Norman B. Roher y S. Philip Sutherland, Ausgburg Publishing House, Minneapolis, 1978.

y dejar que esa siga su camino. Con el tiempo podrá ver que se equivocó y regresará para pedirte disculpas. Mientras tanto, ¿por qué no buscar a alguna otra persona con quien estar?

11. *¿Qué haces cuando piensas que le gustas a alguien mucho mayor que tú?*

Ve despacio. Muy despacio. Cuando seas mayor, cuando tengas veinticinco o más años, puedes manejar mejor esta situación. Por ahora, enfríala. ¿Por qué? Porque los muchachos mayores usualmente tienen mucha más experiencia, y si sus motivos no son buenos, en realidad te pueden perjudicar. Es halagador tener un amigo de más edad, pero debes ser muy cuidadosa. Si un joven de verdad te quiere, esperará hasta que tú madures un poco más.

12. *¿Por qué los chicos se burlan de ti porque te gusta alguien de diferente color?*

Probablemente lo hacen porque piensan que son superiores a una persona de diferente color o se sienten incómodos ante ella y de esa manera esconden sus verdaderos sentimientos. Los matrimonios entre individuos de diferente color en realidad ocurren. Algunos son matrimonios muy felices. Otros son muy tristes. El problema no está en el color de la piel (aun cuando en algunas comunidades eso es todavía un problema) sino debido a patrones culturales, hábitos, costumbres y sistemas de valores. Mi consejo en relaciones de esta naturaleza es: *Avanza muy despacio, pero muy despacio.* Asegúrate de que cada uno conoce muy bien al otro. Asegúrate de que cada uno puede darse al otro. Asegúrate de que te sientes cómoda con su familia. Los matrimonios que mezclan culturas pueden ser enriquecedores, pero son un gran desafío. No hay muchos que puedan manejar tal reto con éxito.

13. *He estado saliendo con un muchacho que pertenece a otra religión. A mis padres esto no les agrada. Dicen que debería salir sólo con jóvenes que asistan a una iglesia cristiana. ¿Por qué es tan importante esto?*

Lo más probable es que, a tu edad, no tomes en serio a

ningún muchacho con quien salgas. Sin duda vas a tener una docena o más de novios o enamorados antes de realmente seleccionar alguno. Sin embargo, estás estableciendo hábitos. Más tarde, será muy importante con quién salgas. Mientras más cosas tengan en común mayores serán las posibilidades de un matrimonio feliz. La religión sobre todo la fe cristiana, puede ser una de las fuerzas más poderosas que unen a dos personas o a una familia. La religión también puede separar. Por eso es que tus padres están preocupados.

El apóstol Pablo aconsejó a sus amigos creyentes: «No se unan ustedes en un mismo yugo con los que no creen». Luego preguntó: «Porque ¿qué tienen en común la justicia y la injusticia?» (2 Corintios 6.14, VP).

14. *Una compañera en la escuela está encinta. Quiere tener su bebé. Ya se le empieza a notar y algunos de los compañeros en la escuela le dicen: «¡Vaya! ¡Miren ese globo!» y: «Aquí viene la barrigona de nuevo», y toda clase de cosas feas. Otros se agrupan y cuchichean y se ríen de ella. Uno de los muchachos de la iglesia dice: «Pues bien, ¡se lo merece! ¡No debería haber dejado que le sucediera esto!» ¿Cuál es la mejor manera de tratar a una joven en esta condición? Yo quiero ser su amiga.*

Me alegra que quieras ser su amiga.

Cuando nuestras hijas estaban en la escuela secundaria, una de ellas vino un día y me dijo: «Van a dar muchos regalos para el bebe que tendrá María [este no es su nombre real]».

María tenía la misma edad que nuestra hija. No estaba casada ni tenía intención de hacerlo. Yo rezongué y dije en ese horrible tono socarrón que algunas veces tienen los padres: «¡Vaya! ¿Piensan los que van a darle los regalos, que tener un bebé sin casarse es motivo para celebrar?»

Mi hija se quedó mirándome fijamente. Luego se enderezó y me dijo: «Mamá, ¿piensas que esa actitud tuya va a ayudar en algo a María? Ella no está nada feliz de que esto le haya sucedido y desearía que nunca hubiera pasado, pero ahora está decidida a hacer lo mejor que pueda. Yo voy a asistir a su fiestecita y le voy a comprar el mejor regalo que pueda conseguir».

¿Sabes lo que hice? Yo también fui a comprarle un regalo a María.

15. *Si una muchacha queda embarazada, ¿quiere decir que tendrá que casarse?*

Años atrás la gente pensaba que si una muchacha quedaba encinta, tenía que casarse. Pero casarnos con alguien a quien en realidad no queremos, e incluso casarnos cuando somos muy jóvenes, es cometer un error. Las muchachas y los muchachos que se enredan en esta situación deben conversar y dialogar sobre el futuro con sus padres y su pastor y tomar decisiones, despacio, con mucha oración y con mucho cuidado.[2]

¿Qué dirías?

Débora tiene catorce años. Piensa que quiere a Ricardo, de diecisiete años, con quien ha estado saliendo por dos meses. Pasan juntos todo su tiempo libre. Débora dice que no puede pensar en nadie sino en Ricardo. Sus padres, sin embargo, le dicen que sólo tiene un amorío con Ricardo, y que en realidad no lo quiere.

De modo que Débora te pregunta: «¿Cómo puedo saber si estoy o no enamorada de él?»

¿Cómo le contestarías? ¿Qué preguntas le harías? Después de escribir tus preguntas, pasa a la siguiente página y lee algunas de las preguntas que sugerimos.

---

[2] Un excelente recurso para la adolescente que ha quedado encinta es *Should I Keep my Baby?* [¿Debo tener mi bebé?], de Martha Zimmerman, Bethany House Publishers, Minneapolis, 1983.

Preguntas para hacerle a Débora

Las siguientes son algunas de las preguntas que deberías formularle a Débora:

1. ¿Qué te agrada de Ricardo?
2. ¿Cuándo te empezó a gustar Ricardo?
3. ¿Por qué empezaste a interesarte en él?
4. ¿Desde cuándo se gustan?
5. ¿Cómo te ha afectado tu romance en tus tareas escolares? ¿En tu vida hogareña? ¿En tu disposición?
6. ¿Les agrada Ricardo a tus padres? Explícate.
7. ¿Qué han hecho juntos?
8. Si no pudieras ver a Ricardo por seis meses, ¿qué harías? ¿Buscarías otros amigos?
9. ¿Hay algunas ocasiones en que tú y Ricardo están en desacuerdo y se pelean? ¿Sobre qué? ¿Cómo hacen las paces luego?
10. ¿Cómo te sientes cuando ves a Ricardo hablando y atendiendo a otra muchacha? ¿Cómo reaccionas?
11. Si Ricardo te pide que hagas algo que no te gusta, ¿lo harías sólo por complacerlo?

¿Qué le gusta a Débora de Ricardo? ¿Su apariencia? ¿La manera como se viste? ¿El automóvil que conduce? La apariencia de la persona cambia a medida que crece y pasan los años. Tal vez no pueda vestirse tan bien cuando tenga que ganar su propio dinero. Además, estas son cosas solamente externas. Las personas son más que caras y cuerpos y piernas. Las personas son personalidades. Las chicas lindas y los muchachos apuestos tal vez no sean personas hermosas. Las personas hermosas no siempre son bien parecidas ni tampoco siempre visten a la moda. La verdadera belleza brota *de adentro*. Pero con todo el énfasis que se da a la figura y a la apariencia, es difícil recordar esto.

Débora dice que conoce a Ricardo desde hace sólo dos meses. Llegar a conocer a alguien, sin embargo, requiere un tiempo largo, muy largo. Una persona puede actuar maravillosamente en una salida (¿quién no lo hace?), pero puede ser un bruto o un monstruo en su casa. ¿Cómo trata este amigo a sus padres, hermanas y hermanos? ¿Cómo actúa cuando le piden que ayude con los quehaceres de la casa? ¿Cuándo se enferma? ¿Cuándo sus planes no salen como quiere? ¿Cuándo pierde un partido? ¿Cuándo alguien le critica? Lleva tiempo ver a alguien en cada una de estas situaciones. ¿Puedes seguir queriendo a una persona que se pone gruñona, deprimida, irritable, hostil, y con quien es difícil llevarse? Es importante hacerse estas preguntas, porque toda una vida es un tiempo largo, muy largo, y después de haberte casado puedes estar segura que se encontrarán en todas estas situaciones, e incluso en otras mucho más difíciles.

El verdadero amor mejora a las personas en todo sentido. Nos volvemos más sensatos y más considerados con todos los demás y deseosos de ayudar. El verdadero amor no nos hace olvidarnos de los demás.

Un antiguo proverbio coreano dice que los padres ven más lejos porque han vivido más. Los padres aman a sus hijos más que nadie en el mundo y los buenos padres quieren sólo lo mejor para sus hijos. Debido a esto no debemos tener miedo de preguntarles lo que piensan ellos acerca de nuestros amigos y no es mala idea escucharles su opinión.

¿Cuál es el motivo de Débora? ¿Está preguntándose: «¿Qué voy a sacar de todo esto?» o acaso pienso: «¿Qué puedo hacer para que Ricardo sea una mejor persona?» El verdadero amor es desprendido y altruista, nada egoísta. El amorío es egoísta, siempre busca algo para uno mismo. Muchos jóvenes tienen diez o doce enamoramientos de estudiantes o amoríos antes de empezar a querer en realidad a alguien. De modo que tal vez deberías decirle a Débora: ¡Enfríalo!

¿Es el amor romántico la única respuesta para la soledad?

Juana tiene dieciocho años. Es atractiva, inteligente y cristiana. Pero se siente muy triste porque nunca nadie la ha invitado a salir. Piensa que se deba a que no es bonita ni atractiva y, por consiguiente, que no vale para nada. Tiene períodos de gran soledad. Desea y desea poder tener un buen amigo. Esto ha llegado a ser tan importante para ella, que pasa mucho tiempo pensando en esto.

Diálogo

1. ¿Por qué, en tu opinión, Juana se siente que no vale nada?
2. Si encuentra un novio o enamorado ¿curará eso su soledad?
3. Los muchachos que sí salen con otras personas, ¿se sienten solos a veces? ¿Por qué?
4. Las personas casadas, ¿se sienten solas a veces? ¿Por qué?
5. Si el amor romántico y sexual es solamente una de las expresiones del amor de Dios, ¿de qué otras maneras podemos amar a otros y recibir el amor de ellos?
6. ¿Qué cosa pudiera ayudar a Juana?

Los adolescentes definen el amor

¿Cómo definirías el amor? Escribe un párrafo al respecto a continuación. Luego lee lo que otros adolescentes escribieron.

El amor es:

«El amor significa ver las faltas en una persona y aceptarlas».

«El amor significa que quieres hacer cosas para la otra persona. Tratas de hacerla feliz».

«El amor está compuesto de respeto, autoestima, felicidad y satisfacción en la vida».

«El amor es el ingrediente indispensable en una relación que permite que uno se lleve bien con otro, soportando lo que sea necesario».

«El amor incluye afecto, amistad, reconocimiento, aprobación, aceptación y estima».

«El amor es consideración por la otra persona y por lo que a ambos les gustaría lograr. Es dar y tomar. Es ser paciente siempre y ser muy sensato».

«El amor es pertenecer. El amor es una atracción a las ideas, pensamientos y normas de la otra persona».

«El amor es la disposición de hacer sacrificios y concesiones por las faltas y fracasos de la otra parte».

«El amor significa ser capaz de comunicar, no sólo las experiencias felices, sino también las desilusiones, dolores y los sentimientos más íntimos, con la seguridad de que éstos serán respetados y se conservarán en forma confidencial».

«El amor es una relación que crece y que requiere tiempo para su crecimiento».

«El amor es aprender a cooperar y a ajustarse».

«El amor significa sentir el dolor y la felicidad del otro».

«El amor es interesarse lo suficiente como para ser capaz de pasar una vida entera con esa persona».

«El amor significa ser capaz de perdonar».

«Sabes que estás enamorado cuando te arreglas y vistes bien para ir a recibir a su tía Gladys que viene de Pittsburgh».[3]

Una muchacha pensó que el apóstol Pablo dio la mejor descripción del amor.

---

[3] Las respuestas son un extracto tomado de *Ideas and Learning Activities for Family Life and Sex Education* [Ideas y actividades de aprendizaje para la vida familiar y la educación sexual], de Mark Perrin y Thomas E. Smith, Wm. B. Brown Co., Publishers, Dubuque, Iowa. Usadas con permiso.

> El amor es paciente, es bondadoso. El amor no es envidioso, jactancioso ni orgulloso. No se comporta con rudeza, no es egoísta, no se enoja con facilidad, no guarda rencor. El amor no se deleita en la maldad sino que se regocija con la verdad. Todo lo disculpa, todo lo cree, todo lo espera, todo lo soporta.
>
> *(1 Corintios 13.4-7, NVI)*

Después de leer esto, ¿te sientes en mejor condición para comprender la diferencia entre amor y amorío?

7 ❖ ¿POR QUÉ ESPERAR HASTA EL MATRIMONIO PARA TENER RELACIONES SEXUALES?

1. *¿Por qué es malo o incorrecto tener relaciones sexuales antes de casarse?*

¿Por qué hiciste la pregunta en esa forma? Me hace pensar que tú en efecto piensas que lo es. Pero déjame darte mi respuesta.

Podría mencionar muchas cosas. Podría hablar del alto riesgo de contraer una enfermedad que puede hacerte daño por toda tu vida. Las enfermedades que se contraen durante la relación sexual son comunes entre los adolescentes. Si no conoces muy bien a una persona, no puedes estar segura de que sea o no portadora de una de esas enfermedades.

Podría hablar en cuanto a la pérdida del gozo de decirle a tu esposo o esposa, cuando finalmente estés listo para casarte, que has esperado para ser suya o suyo solamente.

Si piensas tener relaciones sexuales premaritales con quien piensas casarte, pudiera mencionar el riesgo que corres de encontrarte con que tu relación no dure hasta el día de la boda. Y entonces vendrá la decepción por haber perdido tu virginidad. Las estadísticas muestran que quienes participan en el sexo premarital no tienen tan grandes posibilidades de tener un matrimonio verdaderamente feliz como quienes no lo hacen.

Podría mencionar la posibilidad muy real del embarazo.

Podría recordarte que si el hecho es conocido por los demás, puedes perder la oportunidad de tener una relación de verdad grandiosa con alguien que quiera una muchacha o un muchacho que se mantenga sexualmente pura o puro.

Podría preguntarte cómo se sentirían tus padres si lo hicieras. ¿Cómo afectaría tu relación con ellos?

Podría preguntarte si puedes estar seguro de que no te sentirás culpable después, y si así ocurre, ¿qué harías con esa culpabilidad?

Podría mencionarte que los recuerdos tienen una manera de adherirse a nosotros y perseguirnos. ¿Serán estas acciones buenos recuerdos de aquí a cinco o diez años?

Hay un montón de cosas en las cuales pensar, ¿verdad? Y algunas de estas son consideraciones muy serias. Existe todavía la remota posibilidad de que pudieras encontrar una respuesta satisfactoria (o por lo menos a tu gusto) a todas estas preguntas. De modo que, ¿en dónde nos deja todo eso?

¿Qué dice Dios?

En la Biblia la relación sexual fuera de la unión matrimonial se llama «fornicación». Desde Génesis hasta el Apocalipsis se dice mucho en cuanto a la fornicación, directamente o a través de relatos.[1] En tiempos del Antiguo Testamento se consideraba tan grave que una persona podía ser ajusticiada por practicarla. El castigo de menor cuantía era que el muchacho tenía que casarse con la muchacha y nunca, nunca podía divorciarse de ella (Deuteronomio 22.13-29). ¿Qué ocurriría si hiciéramos esto obligatorio hoy en día?

En Romanos 1.29 Pablo menciona la fornicación junto con el homicidio y la contienda. En Gálatas 5.19-21 aparece junto con los celos, la embriaguez, las orgías y otros pecados. Al leer la Biblia no podemos dejar de ver el mensaje en el que Dios prohíbe la unión sexual fuera del matrimonio. Lo hace así, no

---

1 Génesis no incluye una afirmación directa en cuanto a la fornicación, pero muestra el problema causado por el sexo fuera del matrimonio (Génesis 16,21,38).

debido a que sea un ogro que quiere hacerlo todo difícil y desagradable para nosotros, sino porque nos ama y quiere protegernos. Él sabe mucho mejor que nosotros el sufrimiento y la aflicción que puede ocurrir debido a una relación rota, a la enfermedad, los hijos que vienen sin desearlos y se los maltrata, o se los descuida. Dios no está en contra del sexo. El sexo es uno de los dones de su gracia para nosotros. Pero Él no quiere que usemos ese don egoístamente o en desacato a su ley.

Tal vez tengamos que ir un paso más allá y hacernos otra pregunta. Dios nos ha ordenado que vivamos vidas puras. Lee Gálatas 5.16-24; 1 Corintios 6.9-10; Romanos 12.1; 1 Pedro 1.15. Si no obedecemos los mandamientos de Dios, ¿qué dice eso acerca de nuestra relación con Dios? Jesús dice que le amamos si ____________. (Mira Sus palabras en Juan 14.15.)

El apóstol Juan subraya este mismo punto: «Y en esto sabemos que nosotros le conocemos, si guardamos sus mandamientos. El que dice: Yo le conozco, y no guarda sus mandamientos, el tal es mentiroso» (1 Juan 2.3-4). Más adelante escribe: «Este es el amor a Dios, que guardemos sus mandamientos» (1 Juan 5.3).

Estos versículos nos muestran cuán serio es si a propósito y conscientemente desobedecemos y continuamos sin acatar los mandamientos de Dios, porque cuando lo hacemos, demostramos que no le conocemos ni le amamos. De modo que, entonces, cometer el pecado de la fornicación es pecado, no sólo en contra de nosotros mismos y de otros, sino contra Dios. Es decirle a Dios que no le amamos, y que no queremos ser suyos.

2. *Mi hermana mayor está comprometida. Ella y yo hablamos mucho. Dice que yo no debería ni siquiera pensar en tener relaciones sexuales porque soy nada más que una chiquilla (tengo catorce años), y que no estoy lista para el matrimonio. Pero agrega que sí está bien que ella las tenga porque ya está comprometida. ¿Tiene razón mi hermana?*

No. Estar comprometida no es lo mismo que estar casada. Cuando te comprometes estás diciéndole a tus amigos y familiares y a los demás que tienes *la intención* de casarte. Pero el tiempo del compromiso es de espera, de prueba. Algunas veces las parejas comprometidas deciden que no quieren pasar toda su vida juntos. Entonces rompen el compromiso. Si han tenido relaciones sexuales durante el tiempo que estaban comprometidos, y luego deciden no casarse, ¿no es eso fornicación?

E.M. Blaiklock, un notable erudito bíblico, insiste en que los escritores del Nuevo Testamento no consideraron aceptable ningún acto sexual fuera del pacto formal del matrimonio y eso incluye bajo fornicación «todas las experiencias sexuales fuera de la única situación legítima: el matrimonio». Él expresa: «No hay ninguna frase o palabra en el Nuevo Testamento que condene la relación sexual extramarital... Toda la fuerza del Nuevo Testamento está a favor de la castidad y de la santidad del matrimonio».[2] Él recalca que Pablo, en 1 Corintios 7.9,36, les dijo a los cristianos corintios que si el deseo sexual se volvía demasiado fuerte durante el tiempo del cortejo, deberían casarse para no caer en el pecado de fornicación. Insistir en tener relaciones sexuales antes del matrimonio, por consiguiente, es colocar la voluntad y el placer de uno por delante de la obediencia a Dios.

Los jóvenes deberían también aprender a no esperar mucho del sexo. Puede ser algo grandioso, pero también puede ser vulgar y a veces hasta una desilusión. A menudo exige tiempo el desarrollar una vida sexual satisfactoria y deleitosa tanto para el esposo como para la esposa. Pero en el matrimonio las parejas pueden aflojar la tensión y tomarse el tiempo necesario. Comprenden que su decisión de amar al otro por sobre todas las demás personas es el ingrediente más importante de su relación. Al tomar esta decisión, no necesitan temer que su cónyuge sencillamente se irá porque surjan algunas dificultades. Es mucho más fácil que la pareja comprometida rompa la

---

[2] Mateo 5.32; 15.19; 19.9; Marcos 7.21; Hechos 15.20,29; 21.25; Romanos 1.29; 1 Corintios 5.1,9,10; 6.9,13,18; 7.2; 10.8; 2 Corintios 12.21; Gálatas 5.19; Efesios 5.3; Colosenses 3.5; 1 Tesalonicenses 4.3; Hebreos 13.4; Judas 7; Apocalipsis 2.14,20; 9.20,21.

relación que lo haga la pareja casada. De modo que tener relaciones sexuales antes del matrimonio puede en realidad actuar en contra de una unión permanente y llena de gozo.

A menudo, también, cuando las parejas comprometidas empiezan a tener relaciones sexuales, esto consume toda su atención y no pasan tiempo aprendiendo a conocerse mejor en preparación para su matrimonio. Nunca es demasiado decir que el matrimonio lleva mucho mayor significado que la unión física de dos personas.

Pero lo más importante que hay que recordar es que, de acuerdo a la Palabra de Dios, la relación sexual es algo reservado para la pareja casada.

3. *Pero, ¿cómo pueden las persona saber si serán felices sexualmente, si no hacen la prueba y lo practican?*

Hay algunas habilidades que requieren práctica, pero el sexo es diferente a tocar el piano o jugar al tenis. No hay que tener relaciones sexuales con tres, cuatro o una docena de personas para «llegar a ser bueno en eso». Por cierto que mientras más sean las personas con las cuales tengas relaciones sexuales, menor es tu posibilidad de llegar a tener una vida sexual permanente y satisfactoria.

En primer lugar, cada persona es diferente. Simplemente porque has sido «bueno para el sexo» con una no garantiza que vas a ser «bueno en eso» con todas las demás.

En segundo lugar, necesitamos entender que muchos factores contribuyen al hecho de que la relación sexual sea una buena experiencia o no. Es importante que los dos tengan los mismos valores. Ayuda si han tenido una preparación educativa parecida y poseen comprensión intelectual similar. Necesitan tener algunos intereses en común, como la música, escribir, leer, deportes, viajar, la fotografía, alguna diversión, o lo que sea. No es necesario tener todos los intereses en común. Es más, disfrutar uno o dos intereses diferentes puede añadir sabor y variedad a la vida juntos. Pero la pareja necesita poseer suficientes cosas en común de modo que pasen agradablemente el tiempo juntos.

No, tener una relación sexual satisfactoria con una persona no garantiza una vida casada feliz. Pero la compatibilidad en muchas áreas, esto es, disfrutar de las mismas cosas y tener similares intereses, valores y metas, conduce a una vida sexual satisfactoria. De modo que no te pongas a experimentar con el sexo, creyendo que eso te mostrará si tu matrimonio con esa persona será bueno o no. Las relaciones sexuales premaritales son una prueba vil. Si gozas de una relación buena y cariñosa con otra persona, si ambos tienen mucho en común, si cada uno es franco y sincero con el otro y si no tienen problemas sexuales severos (emocionales o físicos), sus posibilidades de lograr una vida sexual satisfactoria mutua, son excelentes. Practicar y experimentar no es necesario. No lo hagas.

4. *Si es incorrecto tener relaciones sexuales antes de casarse, ¿por qué tantos lo hacen?*

Por muchas razones. Una de las principales, sobre todo para los jóvenes, es que parece «que todo el mundo lo hace», y que si no lo haces, tú serás el tonto. Pero no todo el mundo lo hace, por supuesto. Sólo parece ser así. En realidad, hay más personas que no lo hacen que las que sí lo hacen. Y todavía sigue siendo verdad (de acuerdo a las encuestas) que la mayoría dice que quiere casarse con alguien que no haya tenido relaciones sexuales con otros.

Segundo, los muchachos y muchachas piensan que comúnmente se aceptan las relaciones sexuales premaritales como permisibles. Las películas, la publicidad y la televisión nos la asegura. Sin duda alguna nos afecta con profundidad lo que vemos y oímos continuamente. Después de habérsenos repetido algo un gran número de veces, empezamos a creerlo. La parte triste es que los medios de comunicación masiva con frecuencia no nos dicen la verdad. La gente todavía respeta mucho a quienes viven una vida moralmente pura.

Tercero, es más fácil prevenir embarazos ahora que antes, de modo que los jóvenes se sienten más seguros. Y si alguna muchacha queda embarazada, piensa que siempre queda la posibilidad del aborto. No se da cuenta del sufrimiento y la angustia que acompaña al aborto. (Explicaremos más sobre esto en el capítulo 9.)

Cuarto, algunos adolescentes tienen una perspectiva tan pesimista de la vida que piensan que el mundo tal vez no estará entero por mucho tiempo más, por eso van a «divertirse» mientras puedan. Esta, en realidad, no es una excusa nueva. En toda época ha habido algunos que se escudan en una excusa como razón para vivir como se les antoja.

Quinto, es más fácil hallar un lugar para tener relaciones sexuales, porque en muchas casas ambos padres trabajan fuera del hogar y los muchachos llegan de la escuela a una casa vacía. También hay jóvenes que tienen autos. Y si estás en la universidad, hay dormitorios en donde viven hombres y mujeres, haciendo fácil el acceso a las habitaciones.

Sexto, los adolescentes piensan que sus padres no se enfurecerán si lo saben, debido a que los de muchos otros muchachos lo han aceptado. Parece que ya nadie se avergüenza. Ya no se trata de esconderlo. La gente lo habla abiertamente. Todo lo que algunos padres cristianos dicen es: «Oren por nosotros». Algunos parecen haberse resignado al hecho. Pero los jóvenes no se dan cuenta que detrás de esa actitud «valiente» de sus padres, hay mucho dolor y desilusión. Todavía no he encontrado ningún padre que se haya sentido muy bien al saber que sus hijos tienen relaciones sexuales prematrimoniales.

Séptimo, algunas iglesias se han tornado tolerantes en sus enseñanzas respecto a las relaciones sexuales antes del matrimonio. Una niña dijo: «Por todos lados oímos que todo está bien. Necesitamos oír igual número de voces diciéndonos que no está bien, y no las oímos, ni siquiera en la iglesia».

5. *La relación sexual no es nada más que ejercicio, ¿qué hay de malo en ello?*

Lo siento, la relación sexual es algo más que ejercicio, pues es el contacto más íntimo que puedes tener con otra persona. Implica la posibilidad de producir una nueva vida. Ningún ejercicio puede hacer eso.

El ejercicio es para nuestro beneficio físico. El sexo, usado correctamente, puede aliviar tensión. Pero el usado erróneamente puede generar muchos problemas físicos, tanto como enfermedades.

6. *Las relaciones sexuales son la única cosa buena en mi vida. Si no las tuviera estaría solo y en soledad. No tendría vida social y todos los muchachos pensarían que soy extraña.*

Mi corazón sangra por ti. Necesitas hallar amigos y desarrollar otros intereses y habilidades. ¿Qué te gusta hacer? ¿Deportes? ¿Música? ¿Nadar? ¿El arte? ¿Hay alguna iglesia cerca con un programa para jóvenes? Si puedes hallar un grupo de jóvenes que se divierten jugando juntos, ayudando a otros y adorando juntos, tu interés en las relaciones sexuales se tornará mucho menos importante. Tomará el lugar apropiado en tu vida.

La amistad con otros muchachos aliviará en algo la soledad que sientes. Todavía más, llegar a conocer al Señor Jesús como tu Amigo, Salvador y Ayudador, resolverá la soledad. Hace muchos años un sabio escribió que Dios nos ha creado para sí mismo y nuestros corazones no reposan sino hasta que hallamos descanso en Él. Esa afirmación es válida todavía hoy. Búscate una iglesia a la cual asistir.

7. *Mi amiga Nancy estaba enamorada de un tipo llamado Ricardo. Él la convenció de que tuvieran relaciones sexuales una noche. Pero la próxima vez que salieron juntos Ricardo empezó a burlarse y reírse de ella, finalmente pelearon tanto que suspendieron la salida. Nancy dice que es siempre lo mismo cada vez que están juntos. ¿Qué ocurrió? Nancy expresa que antes de haber tenido relaciones sexuales con él, Ricardo la trataba realmente bien, y ella estaba segura de que la quería.*

Las muchachas usualmente no entran en una relación sexual a menos que sientan algún apego emocional o romántico hacia el muchacho. Ellos, por otro lado, pueden ser casuales y tener relaciones sexuales con alguna joven por la cual no sienten ninguna atracción romántica. Sin embargo, después de que han tenido relación sexual con ella, a menudo se sienten culpables, porque la han seducido. Para esconder su culpabilidad empiezan a desdeñarla y a armar pelea. Si ella rompe la relación, se sienten liberados de la culpa.

Las muchachas deben darse cuenta de que, en sentido general, se involucran emocionalmente más rápido que los jóvenes. Debido a esto, interpretan mal sus acciones y palabras, leyendo en ellas más de lo que en realidad deberían, y a menudo acaban dejándose lastimar. Los que están conscientes de esta tendencia femenina a menudo se retraen cuando notan que esto está ocurriendo; de esta manera la chica se priva de lo que pudiera llegar a ser una relación significativa, debido a que él, como no quiere herirla, no se siente libre de desarrollar más la amistad.

Presión de compañeros

¿Por qué tantos adolescentes se enredan en relaciones sexuales, incluso cuando en realidad no quieren hacerlo, o cuando de verdad no disfrutan de ellas?

El Dr. James Dobson, en su libro *Preparémonos para la adolescencia,* indica que una de las razones es la presión de los compañeros. Si todo el mundo en el grupo hace algo, no quieres ser la única oveja fuera del corral, ¿verdad?

Dobson relata un experimento que algunos doctores realizaron para examinar la influencia de «pero todo el mundo lo hace». Los médicos invitaron a diez adolescentes a participar en una prueba que supuestamente examinaría su percepción visual. Dijeron que les mostrarían un cierto número de tarjetas, cada una con una línea recta en ella. Los estudiantes debían indicar cuál tarjeta tenía la línea más larga. Todos los alumnos estaban sentados aproximadamente a igual distancia del instructor. Pero antes de entrar a la habitación, a nueve de los estudiantes se les había instruido que levantaran la mano cuando se mostrara la tarjeta que tenía la línea *más corta.*

La prueba empezó. El instructor mostró dos tarjetas. La primera tenía la línea más corta. Nueve de los jóvenes prontamente indicaron que ésta era la que tenía la línea más larga. El décimo se mostró perplejo, pero cuando los nueve persistieron con sus manos levantadas y se quedaron mirándolo, por fin él también levantó su mano. En cada examen ocurrió lo mismo con el décimo estudiante, totalmente perplejo, daba su voto igual que los demás.

Luego tomaron un receso. Entonces se le instruyó a uno de los nueve a que presentara la objeción, y dijera que la otra línea era más larga. Cuando esto sucedió, rápidamente el décimo alumno se puso del lado del que señaló el error.

La prueba se realizó con un buen número de adolescentes. Solamente cinco de cada veinte alumnos demostraron tener el valor suficiente para votar en contra de la mayoría.

Y se demostró la inmensa influencia que otros tienen sobre nosotros. Cuando estamos en grupo, no queremos ser diferentes.

Pero la prueba también demostró el efecto que tan solo *una* persona en desacuerdo puede tener sobre el grupo. Entonces los demás también se atreven a defender lo que en realidad creen.

Diálogo

1. ¿Crees que la presión del ambiente es la razón principal por la cual los adolescentes tienen relaciones sexuales? ¿Estás en desacuerdo? Explícate.
2. Expresa en qué manera te ha afectado la presión de tus compañeros.
3. ¿Cómo podrías meterte en problemas si cedes a la presión de los compañeros? Explica.
4. ¿Cómo podría ser afectada tu vida si cedieras a la presión de los compañeros?
5. Cuando cedes a la presión de tus compañeros, ¿qué necesidad demuestra que debe ser desarrollada en tu vida?
6. No solamente los adolescentes tienen problemas con la presión de sus compañeros. Los adultos también los tienen. Algunas veces resisten a la presión y adoptan una posición firme hacia lo que creen correcto. En ocasiones

ceden y luego lo lamentan o sufren porque se disgustan consigo mismos por no haberse puesto firmes en lo que creían. Lee Daniel 1. ¿Cómo sintieron Daniel y sus amigos la presión del ambiente? ¿Cuál fue el resultado de su resistencia a dicha presión?

7. Ahora lee Daniel 6. ¿Cuál fue la nueva presión sobre Daniel? ¿Por qué, en tu opinión, los sátrapas y gobernadores decidieron presionarlo? ¿Qué sabían los sátrapas y gobernadores que daría a Daniel el valor para desobedecer incluso el edicto del rey? (lee el versículo 5). Esta vez, ¿qué le ocurrió a Daniel cuando rehusó seguir la corriente? Al final de cuentas, ¿cómo defendió Dios a Daniel?
8. Lee Mateo 26.69-75. ¿Por qué piensas que Pedro hizo lo que hizo? ¿Cuál fue el resultado de su acción?
9. ¿Qué *nos* dice la Palabra de Dios? Lee Romanos 12.2: «No vivan ya según los criterios del tiempo presente; al contrario, cambien su manera de pensar para que así cambie su manera de vivir y lleguen a conocer la voluntad de Dios, es decir, lo que es bueno, lo que le es grato, lo que es perfecto» (Romanos 12.2, VP).
10. ¿Qué dice la Biblia que pudiera ser la consecuencia de no seguir la corriente de la multitud? (Lee 1 Juan 3.13). Si esto ocurre, ¿qué debemos recordar? (Lee Juan 15.18-21).

¿Qué harías?

(Respuestas en la página que sigue)

Es una buena idea imaginarse ciertas escenas y situaciones, y pensar cuáles opciones tendrías en una determinada. Entonces, si alguna vez te encuentras en esa situación, ya habrás pensado el asunto y sabrás cómo actuar. No te arrastrarán las emociones del momento y así después no lamentarás tu acción. Recuerda siempre que puedes escoger y decidir lo que quieres hacer.

Considera la siguiente situación.

Sandra y Carlos están en el auto. Es su primera salida. Sandra sabe que él ha tenido relaciones sexuales con otras amigas y está preocupada. Piensa que Carlos está dirigiéndose a un parque y que querrá tener relaciones sexuales con ella. Sandra no quiere tenerlas. ¿Qué podría Sandra decir o hacer?

(Si lo deseas, puedes ir a la siguiente página para ver algunas de las alternativas sugeridas que Sandra podría considerar.)

¿Qué dirías?

(Respuestas en la página que sigue)

Denise y Joel han salido juntos asiduamente por varios meses. Denise piensa que quiere a Joel. Ella desea complacerlo. Sobre todo, no quiere perderlo. Últimamente Joel ha empezado a comportarse en forma más y más íntima. Por fin, él le pide que se acueste con ella. Ella se niega.

Él le dice: «Si me quieres, me lo demostrarás haciendo el amor conmigo».

¿Cómo puede contestarle Denise a Joel?

Nuestras respuestas a: ¿Qué harías?

1. Sandra puede sugerir que vayan a otro lugar, digamos a alguna pizzería o heladería.
2. Puede decirle a Carlos que ella tiene que estar en su casa en diez minutos y que así quiere hacerlo.
3. Puede preguntarle directamente a Carlos a dónde se dirige y qué pretende hacer. Puede expresarle que ella no quiere ir allá. También alegar: «Será mejor que sepas desde el mismo comienzo que yo no creo en caricias íntimas, ni tampoco en hacerlo todo. Simplemente quiero que seamos amigos y que podamos divertirnos juntos. Tener relaciones sexuales no es mi idea de divertirme».

Pregunta para el diálogo: ¿Por qué el hecho de decidir no tener relaciones sexuales fuera del matrimonio puede dar un sentido de alivio a una pareja que salen juntos?

Nuestras respuestas a: ¿Qué dirías?

1. Denise puede decirle: «Ahora sé que en realidad no me quieres, porque si me amaras no me pedirías eso».

2. Ella puede decirle: «Aprende a conocerme y descubre mis mejores cualidades. Déjame aprender a conocerte. Si insistes en apresurar las cosas, me veré obligada a creer que no hay mucho en ti que valga la pena. Quiero esperar hasta casarme para entonces tener relaciones sexuales».

Pregunta para el diálogo: ¿Y si después que Denise le da estas respuestas, o alguna similar, la relación se rompe? ¿Cómo podría Denise manejar esto?

¿De acuerdo o en desacuerdo?

¿Por qué un muchacho trata de tener relaciones sexuales con una muchacha que no conoce muy bien o a quien en realidad no quiere? ¿Qué respuestas darías a esa pregunta?

Walter Trosbich, en su libro *I Married You* [Me casé contigo], da tres de sus respuestas:

1. El muchacho tiene miedo de que si no tiene relaciones sexuales se enfermará o se pondrá neurótico, o ambas cosas.

2. Piensa que tiene que aprender haciéndolo.

3. Quiere jactarse de su conquista.

¿Estás de acuerdo o en desacuerdo con él? Debatan sobre sus respuestas. Si estás en acuerdo o en desacuerdo, expresa el porqué.

¿De acuerdo o en desacuerdo?

¿Por qué una muchacha se entrega a un muchacho a quien apenas conoce y por quien no siente ningún cariño profundo? ¿Qué respuestas darías a esa pregunta? Las siguientes son algunas sugerencias:

1. Ella piensa que tener relaciones sexuales es prueba de que sabe de la vida y es atractiva.

2. Ella considera que la relación sexual es como la «recompensa» por una salida.

3. Todo el mundo lo hace. Si ella no lo hace, otros pensarán que es tonta y anormal.

4. Tiene miedo de que el muchacho la deje si no consiente en entregarse a él.

5. Dice que es algo natural para hacer si se quieren.

6. Dice que es imposible tener una relación significativa sin tener relaciones sexuales.

7. Ella quiere atrapar al muchacho.

8. Consciente o inconscientemente quiere tener un hijo.

¿Estás de acuerdo o en desacuerdo? Debate las respuestas. Piensa en por qué estás de acuerdo o en desacuerdo.

Verdadero o falso

(Respuestas en la página que sigue)

1. ______El amor romántico es *la* respuesta para cuando uno se siente solo, rechazado o que no vale la pena.

2. ______Desarrollar nuevas habilidades, sea en los deportes físicos, en las artes manuales, la mecánica, la música, o el arte, etc., puede ayudar a poner el sexo en la perspectiva apropiada.

3. ______ Cuando se usa el sexo para controlar a la otra persona, usualmente es porque se siente inseguridad.

4. ______ Contemplar los órganos sexuales del sexo opuesto no hace ningún mal si no estás casado.

5. ______ Hablar sobre el sexo es sucio.

6. ______ Hablar con desdén destruye la comunicación.

7. ______ Hablar sobre el sexo puede conducir a experimentar con el mismo.

Respuestas a: Verdadero o falso

1. *Falso.* El amor romántico es solamente una de las expresiones del amor. Integrarse en algún grupo en el cual se nos acepta, se nos quiere y se nos alienta, también elimina los sentimientos de soledad.

2. *Verdadero.* Desarrollar algunas nuevas habilidades puede ayudar a poner la actividad sexual en la perspectiva apropiada. La relación sexual es sólo una expresión de los poderes creativos que Dios nos dio. Es una de las maneras de desarrollar y nutrir un sentimiento de proximidad y unidad con otra persona. Es un don maravilloso, pero es sólo uno de ellos.

3. *Verdadero.* Una persona segura respeta a otros y no los usa. Una persona segura desea lo mejor para el otro. Un matrimonio se crea problemas cuando un cónyuge utiliza el sexo para manipular al otro, ya sea al evadir tener relaciones sexuales a fin de castigarlo, u otorgando el sexo como una recompensa.

4. *Falso.* Contemplar los órganos sexuales nos hace vulnerables y podemos caer en la tentación, pues puede estimular nuestros deseos y romper nuestra resistencia.

5. *Falso.* Hablar del sexo puede ser sucio, pero no necesariamente. Dios creó el sexo y la sexualidad, de modo que son cosas buenas. Comprender la sexualidad nos enseña a maravillarnos sobre los poderes creativos dados por Dios, y la fabulosa manera en que Él creó nuestros cuerpos.

6. *Verdadero.* El desdén siempre destruye la comunicación. Edificar sentimientos positivos y afirmar a la otra persona estimula la comunicación.

7. *Falso.* Quienes quieren experimentar con el sexo lo hacen sin importarles lo que se diga o haga. Por otro lado, la información precisa acerca de asuntos sexuales puede ayudar a tomar decisiones sabias y evitar ensayos innecesarios.

Estudio bíblico

(Respuestas a continuación)

Lee con cuidado 1 Corintios 6.12-20 en dos o tres versiones que sean fáciles de entender. Luego contesta a las siguientes preguntas.

1. Algunos cristianos corintios decían que tener relaciones sexuales fuera del matrimonio era tan natural como comer o beber. ¿Qué contestó Pablo a esto?
2. ¿Qué dice Pablo acerca de nuestros cuerpos? Como cristianos, ¿a quién estamos unidos? ¿A quién pertenecen nuestros cuerpos?
3. ¿Cómo describe Pablo al cuerpo del creyente?
4. ¿Cuánto pagó Cristo para comprarnos?

Respuestas al: Estudio bíblico

1. Pablo dice muy claramente que el cuerpo no fue diseñado para usarlo en inmoralidad, o sea, que no se supone que se lo use en actos sexuales impuros (v. 13).

2. Pablo dice que nuestros cuerpos pertenecen a Cristo, que son preciosos y que inclusive después de la muerte Dios los levantará (vv. 14, 15).

3. Pablo dice que somos uno con Cristo y que si actuamos inmoralmente, si pecamos sexualmente, pecamos contra nuestros propios cuerpos. Dice que debemos huir de la inmoralidad. Describe nuestros cuerpos como templos en los cuales mora el Espíritu Santo, a quien el Padre ha enviado. Por consiguiente, no nos pertenecemos. Pertenecemos a Dios (vv. 17-19).

4. Jesús pagó lo más valioso que tenía para comprarnos, a fin de que pertenezcamos a Dios. Dio su propia vida. La manera como tratamos a nuestros cuerpos y cómo los usamos, reflejará cuánto amamos a Jesús y cuán agradecidos estamos por todo lo que Él ha hecho por nosotros (v. 20).

Diálogo

1. ¿Cómo puede el amor romántico llegar a ser una expresión hermosa del amor de Dios o una perversión?
2. ¿Cómo pueden las personas usar el sexo para controlar a otros?
3. ¿Son anormales los muchachos y muchachas que no quieren tener relaciones sexuales antes de casarse?
4. ¿Cómo matiza el lenguaje lo que decimos?
5. ¿Cuándo «tocar» es una expresión de amor? ¿O de lujuria?
6. ¿Con quién te sientes cómodo hablando sobre el sexo? ¿Por qué te sientes incómodo hablando con ciertas personas respecto al sexo? ¿Por qué tienes miedo de lo que digan o hagan algunas personas.
7. ¿Qué cosa no entiendes acerca del amor o del sexo y que te gustaría conocer más?
8. ¿Qué te dijeron sobre el sexo los programas de televisión que viste la semana pasada?
9. En cierto episodio de la serie de televisión *M*A*S*H*, Hawkeye Pierce trata de seducir a una enfermera del ejército. Mientras se dicen en voz baja tonterías dulces, ella hace un comentario despreciativo acerca de los coreanos. Disgustado, Hawkeye, la dejó y se fue. ¿Cuál es el doble mensaje dado al televidente? ¿Qué programas vistos últimamente dan mensajes similares? ¿Cómo nos afectan?

Lista de verificación sobre la autoestima

Encuestas y entrevistas han demostrado que las personas con una estimación propia saludable no están tan interesadas en relaciones sexuales extramaritales como aquellas que no tienen una alta opinión de sí mismos. Dios quiere que nos veamos como Él nos ve. Somos su creación magnífica. Y aun cuando hemos pecado, podemos ser perdonados en Cristo y profundamente amados por Dios como sus hijos. Debido a esto deberíamos erguirnos firmemente, con humildad.

¿Qué opinión tienes de ti mismo? De la lista que sigue, marca si has recibido de alguien (preferiblemente de parte de tus padres) en los últimos dos días...

1. una palabra de elogio.
2. un abrazo.
3. las palabras: «Te quiero».
4. ayuda en tus tareas escolares.
5. disposición a escucharte, de modo que puedes hablar de lo que ocurrió durante el día o de lo que te ha estado perturbando o hecho feliz.

Ahora, en la lista que sigue, marca si durante los últimos dos días en tu relación con tus padres, tú...

1. los has elogiado.
2. les diste un abrazo y un beso.
3. les dijiste que les querías.
4. les preguntaste cómo les fue durante el día.
5. les ayudaste en los quehaceres domésticos y en el jardín.

Conserva con tus padres sobre lo que hallaste. Hablen y oren. Luego permite que te digan algo que tú has hecho o dicho que ha significado mucho para ellos, que les hizo sentirse orgullosos. Después, haz tú lo mismo por ellos.

De acuerdo o en desacuerdo

(Respuestas en la página que sigue)

Dialoga sobre las siguientes oraciones, y di por qué estás de acuerdo o en desacuerdo.

1. Las necesidades sexuales de las mujeres son similares a las de los hombres.
2. El porcentaje de personas que tienen relaciones sexuales fuera del matrimonio es más alto que hace 50 años.
3. En tiempos bíblicos no se hacía énfasis sobre el sexo. Las personas no eran tentadas tanto como lo somos ahora.
4. Permanecer sexualmente puro es más difícil ahora que años atrás.

Respuestas para: De acuerdo o en desacuerdo

1. *Las necesidades sexuales de las mujeres son similares a las de los hombres.*

Esto es cierto, aun cuando se dice comúnmente que los hombres tienen necesidades mayores que las mujeres y por eso se piensa que está bien que ellos tengan enredos sexuales fuera del matrimonio, mientras se opina que está mal que las mujeres lo hagan. ¡Esto no es cierto! Las mujeres anhelan relaciones íntimas, la seguridad de que se las ama y también el contacto corporal, tanto como lo desean los hombres.

2. *El porcentaje de personas que tienen relaciones sexuales fuera del matrimonio es más alto que hace 50 años.*

Durante el siglo diecinueve alrededor de una cuarta parte de todas las novias habían tenido relaciones sexuales antes de casarse. Durante la década de 1920 la cifra subió al cincuenta por ciento. El número ha permanecido bastante cerca de esa cifra hasta la actualidad, aun cuando algunos sociólogos opinan que puede haber subido un diez por ciento durante la presente década.

3. *En tiempos bíblicos no se hacía énfasis sobre el sexo. Las personas no eran tentadas tanto como lo somos ahora.*

Las personas siempre han sido tentadas por el sexo ilícito. La edad en que vivimos no es excepcional. En la Biblia, tener relaciones sexuales antes del matrimonio es calificado de «fornicación». La palabra aparece por lo menos sesenta veces en la Biblia (La nota al pie en este capítulo menciona sólo algunas de las referencias halladas en el Nuevo Testamento sobre el sexo premarital y extramarital.) Eso nos debería decir algo acerca de cuán común era el pecado en esos días y cuán fuertemente Dios habló en contra de eso.

En muchas religiones en las que no se adoraba a Jehová Dios, se adoraba al sexo. Los seguidores tallaban imágenes de los órganos genitales. Algunas de las deidades griegas eran dioses y diosas que alentaban las relaciones sexuales de todo tipo fuera del matrimonio. Se dice que en tiempos del Nuevo

Testamento había tantas prostitutas en Éfeso (donde se hallaba el templo de Diana), que ganaban tanto dinero, que cuando la ciudad tuvo necesidad de dinero, le pidió prestado a las prostitutas.

4. *Permanecer sexualmente puro es más difícil ahora que años atrás.*

El pueblo de Israel creció entre gente que no le daba ninguna importancia a las relaciones sexuales fuera del matrimonio. Sin embargo, Dios ordenó a su pueblo a permanecer moralmente puro (Éxodo 20.14; Levítico 20.10; Deuteronomio 22.13-24). Su mandamiento para nosotros es el mismo hoy. ¿Podemos legítimamente decir que hoy es más difícil? ¿Que nuestros tiempos son peores y que es más difícil para nosotros permanecer puros? Toda época se ha caracterizado por las tentaciones y el pecado. Jamás ha habido un tiempo en que vivir vidas puras no haya sido difícil. Y continúa igual. Incluso si se asiste a escuelas cristianas, siempre habrá algunas personas que nos tentarán a que hagamos lo malo. Las películas y los programas de televisión que vemos, las historias que leemos, las conversaciones que oímos a diario nos tientan a hacer lo malo. Pero Dios nos prometió darnos fuerza y proveer una vía de escape cuando venga la tentación. Decir que es más difícil para nosotros mantenernos sexualmente puros es nada más que una excusa ociosa, una manera de buscar una vía de escape para evitar la obediencia a Dios.

Antes de ir a la casa de alguien cuando sabes que no hay nadie más allí o antes de sentarte en el asiento posterior de un automóvil: PIENSA

Jeffrey y Jennifer son gemelos. Siempre se han llevado muy bien, y ahora, en su adolescencia, continúan siendo confidentes.

Ambos están seguros de que no quieren enredarse en relaciones sexuales antes de casarse. Un día se sientan y hacen una larga lista de todo lo que les ayudaría a mantener su resolución.

Cada uno ha tenido un par de experiencias con amoríos y penas de amor, de modo que saben algo en cuanto a la intensidad que pueden tener las emociones. Ninguno de ellos, sin embargo, tiene un amorío con nadie en la actualidad, por eso fue más fácil pensar en el asunto objetivamente.

Antes de leer su lista, sin embargo, dedica diez minutos para hacer la tuya. ¿Qué podrías hacer para ayudarte a decir que «no» cuando te ves tentado o tentada? Pide a tus padres que también hagan su lista de sugerencias. Compáralas y dialoga sobre ellas.

Ahora, toma la lista de Jeffrey y Jennifer. Evalúa sus pautas como «muy importante», «buena idea» o «no necesario». Después, indica las razones para tu evaluación.

Para proteger mi pureza sexual...	Muy importante	Buena idea	No necesario
No me sentaré con ningún amigo o amiga en el asiento posterior de un automóvil.	❑	❑	❑
No dejaré que me lleven a un lugar de espesa vegetación, ni me acostaré en el suelo en un área apartada.	❑	❑	❑
No estaré en el dormitorio de mi amigo, ni un momento, sin que la puerta esté abierta de par en par.	❑	❑	❑
No entraré con mi amigo en ninguna casa si los padres no se encuentran allí.	❑	❑	❑
No exploraré debajo de la ropa de ninguna muchacha (resolución de Jeffrey).	❑	❑	❑
No permitiré que ningún muchacho explore debajo de mis vestidos (resolución de Jennifer).	❑	❑	❑

Nunca me desvestiré delante de mi amigo o amiga, ni dejaré que él o ella me quite la ropa.

Nunca permitiré abrazos apretados muy prolongados. Diez minutos es demasiado tiempo. Me alejaré a menudo y mantendré cierta distancia.

Cuando nuestra amistad empiece a profundizarse, le dejaré saber a mi amigo o amiga desde el comienzo que no permitiré caricias demasiado íntimas ni sexo antes del matrimonio.

No viajaré con mi amigo o amiga en automóvil a menos que alguien nos acompañe.

No iré a ver películas que me exciten sexualmente, ni miraré fotografías pornográficas.

Me esforzaré mucho para tener varios amigos y amigas y haré actividades con ellos.

Trataré de mantener buenas relaciones con mis padres y oraré por ser abierto al hablar con ellos.

Si no puedo ser franco con mis padres, trataré de hallar a algún adulto que sea comprensivo y que tenga valores cristianos, en el cual pueda confiar.

Aguardaré con expectación y gozo el día en que esté listo o lista para asumir las responsabilidades del matrimonio, cuando pueda unir mi corazón y mi vida con otra persona.

Constantemente repetiré este mensaje grabado en mi mente: «Estoy conservándome para la persona con quien me casaré».

Si mis amigos empiezan a tener relaciones sexuales con las personas con quienes salen, los dejaré y buscaré otras amistades.	❑	❑	❑
Trataré de observar un tiempo de quietud en oración y lectura bíblica todos los días.	❑	❑	❑
Continuaré asistiendo con regularidad a la iglesia y buscaré un área en la cual pueda estar activo o activa.	❑	❑	❑
No iré a ningún viaje de fin de semana solo/a con mi amiga/o.	❑	❑	❑
No saldré con muchachos que tengan una reputación de ser muy sexuales (resolución de Jennifer).	❑	❑	❑
Continuaré repitiéndome: «No estás solo o sola. Muchos otros chicos y chicas también quieren permanecer vírgenes».	❑	❑	❑
Seleccionaré con cuidado a mis amigos. No me «apegaré» demasiado a nadie mientras no conozca en realidad a la persona.	❑	❑	❑

¿Debería o no debería?

De modo que ahora estás preguntándote si deberías o no deberías. ¿Deberías permitir caricias íntimas? ¿Qué opinas de aquel tipo guapo que quiere que duermas con él? ¿Y de aquel que quiere que salgas exclusivamente con él, como novios? ¿Deberías usar anticonceptivos? ¿Debería o no debería? Las preguntas se revuelven en tu mente.

Las siguientes son algunas de las interrogantes que deberías hacerte cuando te enfrentes a una situación que exige una decisión. Provienen del libro *Be Good to Each Other* [Trátense bien el uno al otro], de Lowell y Carol Erdhal.[3] No te apures en contestar estas preguntas. Ora antes de hacerlo. Piensa con cuidado en cada una de ellas.

1. *La prueba de la ley:* ¿Está (la acción que se contempla hacer) de acuerdo con los Diez Mandamientos?

2. *La prueba de la Regla de Oro:* ¿Está de acuerdo con la Regla de Oro: «Así que en todo hagan con los demás como quieran que ellos hagan con ustedes» (Mateo 7.12, NVI)?

3. *La prueba del nuevo mandamiento de Jesús:* ¿Está de acuerdo con el nuevo mandamiento de Jesús, de «ámense unos a otros como yo los he amado a ustedes» (Juan 15.12, NVI)?

4. *La prueba de las consecuencias:* ¿Es dañino o beneficioso para mí mismo y para otros?

5. *La prueba de la publicidad:* ¿Es algo que me agradaría que todo el mundo lo supiera?

6. *La prueba del respeto:* ¿Es algo que me gustaría que lo supieran aquellos a quienes respeto?

7. *La prueba de la universalidad:* ¿Sería el mundo mejor o peor si todos actuaran en la forma como yo estoy pensado hacerlo?

8. *La prueba de la proyección en retrospectiva:* De aquí a cinco o diez años, ¿me sentiré complacido de haber hecho lo que pienso hacer?

9. *La prueba del ejemplo de Jesús:* ¿Qué haría Jesús en mi lugar?

10. *La prueba del amor propio:* ¿Expresa esto igualdad de amor hacia mi prójimo como a mí mismo? Si lo hago, ¿estaré interesándome por otros tanto como me intereso en mí mismo?

11. *La prueba de la conciencia:* ¿Sentiré remordimiento o gratitud después de hacer o dejar de hacer esta acción?

---

[3] Lowell y Carol Erdhall, *Be Good to Each Other* [Trátense bien el uno al otro], Harper and Row, Publishers, Inc., New York, 1981. Utilizado con permiso.

Estudio bíblico

(Respuestas en la siguiente página)

Con oración, lee 1 Tesalonicenses 4.1-18 en dos o tres versiones que sean fáciles de entender. Luego contesta a la siguientes preguntas.

1. ¿Qué suplica Pablo que hagan los cristianos tesalonicenses?
2. ¿Cuál dice Pablo que es la voluntad de Dios?
3. ¿Qué significa la palabra «santo»?
4. ¿Qué significa la palabra «fornicación»?
5. ¿Qué dice Pablo acerca de la fornicación (que también se traduce como lujuria, inmoralidad o pecado sexual)?
6. Pablo dice que los cristianos deben mantenerse sexualmente puros ¿Cómo pueden hacerlo?
7. ¿Cuál es la diferencia entre lujuria y amor?
8. ¿Cómo tratará Dios a los desobedientes?
9. Dios quiere que seamos sexualmente puros. Cuando no lo somos, ¿contra quién nos rebelamos?
10. De acuerdo con estos versículos, ¿cómo debemos diferenciarnos de aquellos que no conocen a Cristo?
11. «Que ninguno abuse ni engañe en este asunto a su hermano» (v. 6, VP). ¿Cómo podemos abusar de otros cuando actuamos sexualmente?
12. ¿Qué ha prometido Dios darnos para ayudarnos a vivir vidas puras?

Respuestas al: Estudio bíblico

1. Pablo suplica a los cristianos tesalonicenses que anden y se conduzcan de manera que agrade a Dios (v. 1). Dice que lo han hecho así en el pasado y les anima a que continuar haciéndolo. Es más, añade, deben esforzarse por agradar a Dios, hacer todo lo posible ¡para lograrlo! Y deben hacer más y más.

2. Pablo dice que es la voluntad de Dios que sean un pueblo apartado para Él, pueblo que no tiene relaciones sexuales fuera del matrimonio.

3. La palabra «santo» significa ser apartado para Dios, ser escogido para Él, decidir obedecerle.

4. La palabra «fornicación» es la que se usa en la Biblia para describir las relaciones sexuales fuera del matrimonio.

5. Pablo dice que fornicar es dar rienda suelta a las pasiones de lujuria, querer algo para uno mismo y desearlo sin importar lo que Dios dice, o sin importar si hará daño o no a otra persona.

6. (v. 8) Pablo dice que Dios sabe que somos débiles y por eso nos ha dado el Espíritu Santo, para que viva en nosotros y nos dé fuerzas para hacer lo que le agrada. Podemos confiar en el Espíritu Santo.

7. Lujuria significa que veo a alguien a quien quiero poseer y de quien quiero disfrutar para mi propio placer y deseo hacerlo de inmediato. Amor significa que doy prioridad a la felicidad y el bien de la otra persona y estoy dispuesto a esperar hasta el matrimonio.

8. Pablo solemnemente advierte a los cristianos en Tesalónica que Dios es vengador; esto significa, que cuando hacemos lo incorrecto, las cosas tienen su manera de retornar y sufriremos por lo que hayamos hecho mal.

9. En el versículo 8 Pablo dice que cuando no vivimos vidas sexualmente puras estamos rechazando a Dios, revelándonos contra Él y desechándolo. Estamos diciendo que sabemos más que Él y que no nos importa lo que el Señor diga, que vamos a hacer lo que queremos. Cerramos nuestros oídos a lo que Él

nos está diciendo. Le damos las espaldas a Dios y decimos que no nos importa que nos haya amado tanto como para morir por nosotros.

10. Pablo dice que quienes no conocen a Dios se entregan a las pasiones lujuriosas; esto es, que realizan sus actividades sexuales de la manera que se les antoja. Pablo dice que los cristianos respetan sus cuerpos (v. 4), y los conservan puros para Dios; honran a Dios al hacerlo así.

11. Si tenemos relaciones sexuales con otros fuera del matrimonio, podemos robarles su pureza. Si un muchacho deja encinta a una joven, le roba su libertad. Ella tiene que decidir cómo cuidará del bebé al que dará a luz. Mediante sus relaciones sexuales algunos trasmiten enfermedades, que a veces causan ceguera y hasta locura. (Veremos más sobre esto en el capítulo 10.) En el mejor de los casos, los adolescentes por igual se sienten infelices y culpables, e incluso, si llegan a casarse más tarde, los recuerdos les seguirán. De modo que como puedes ver, según te comportes sexualmente puedes hacer daño a otros en muchas, muchas maneras. Estoy segura que puedes pensar en otras formas (por ejemplo, malas relaciones entre padres e hijos debido a la desilusión de los padres).

12. Dios nos ordena que vivamos vidas moralmente puras y Él nos ha dado su Espíritu Santo para que viva en nosotros y nos controle, para que nos sea posible obedecerle.

Querida Abby, demuéstrame tu amor consintiendo tener relaciones sexuales conmigo

Querido adolescente:

Las muchachas necesitan «demostrar su amor» mediante relaciones sexuales ilícitas, tanto como un venado necesita ser una percha para sombreros. ¿Por qué no «demostrar tu amor» metiendo tu cabeza en el horno y encendiéndolo? ¿O qué tal jugando al salto de rana en medio del tráfico? Es igual de seguro. Quita de tu mente las telarañas. Cualquier muchacho que te pida «la prueba de amor» intenta hacerte pasar por la más grandísima tonta que jamás haya existido. Esa «prueba» es una de las frases más trilladas y mal intencionadas que jamás se haya inventado. ¿Te quiere en verdad? De seguro que no. Alguien que te amara desearía sólo lo mejor para ti. Pero ahora determínalo. Él quiere que tú:

Cometas un acto inmoral...
Le entregues tu virtud...
Eches a un lado tu propio respeto...
Arriesgues perder tu preciosa reputación...
Y te arriesgues a meterte en problemas.

¿Suena eso como que él quiere lo mejor para ti? Esto es lo más cómico del siglo. Aspira lo mejor para él: desea una aventura para jactarse a expensas tuya... ¿Amor? ¿Quién engaña a quién?

Un muchacho que quiere a una chica preferiría cortarse el brazo antes que lastimarla. En mi opinión, este egoísta y engreído ha demostrado que no te quiere. La consecuencia predecible de la «prueba» de esta clase es que siempre el Don Juan se cansa del deporte. Entonces te deja, vuelve a tomar sus avíos y se va pescar en alguna otra parte otro pez más grande e igualmente incauto.

Una palabra de estímulo

Hemos llegado al final de la consideración de dos temas sobre los cuales sé que piensas mucho: las salidas y «¿seguiremos o no la corriente en cuanto a tener relaciones sexuales?» Pero no puedo dejar esta sección sin una palabra personal para ti.

Primero, quiero animarte a confiar en que Jesús te dará el mejor compañero o compañera apropiado para ti. Yo era absolutamente vieja cuando me casé: ¡tenía treinta años! La razón por la cual te digo esto es porque quiero que sepas que comprendo lo que es tener que esperar y esperar hasta encontrar a la persona apropiada. También sé lo que es ser tentada a conformarse con alguien que no llena las normas que hemos fijado, simplemente porque tenemos miedo de que si no aprovechamos la oportunidad que se nos presenta, tal vez nunca nos casemos. (Quedarse soltera no es lo peor que puede ocurrir, aunque como jóvenes, a menudo pensamos que sí lo es.) Durante mis años de espera me aferraba a una estrofita que quizás te pueda ayudar.

> Dios lo sabe, te ama, te cuida.
> Esta verdad nada puede opacar.
> Él da lo mejor que tiene a aquellos
> que le dejan a Él seleccionar.

Recientemente he recordado los días cuando yo tenía tu edad. Pasaron por mi mente algunos de los muchachos con los cuales salí. Uno se suicidó hace años. Dos han vivido un tipo de vida que me hubiera dejado muy frustrada. Otro, me han dicho, ya ni siquiera es cristiano. Y hubo otros.

Luego pienso en el esposo que Dios finalmente me dio. Él ha enriquecido mi vida en todo sentido, en especial espiritual e intelectualmente, mucho más allá de mis más preciados sueños. No puedo agradecer lo suficiente a Dios por cuidarme y protegerme de esta manera.

De modo que te insto a que confíes en que Jesús te proveerá del compañero o compañera ideal para ti. «Fíate de Jehová de todo tu corazón, y no te apoyes en tu propia prudencia. Reconócelo en todos tus caminos, y Él enderezará tus veredas» (Proverbios 3.5, 6). Estos versículos estuvieron sobre mi escritorio por años. Y Dios fue fiel para mí; y lo será también para ti.

El segundo tema sobre el cual quiero hablarte es sobre la pureza. Nunca, nunca, *jamás* lamentarás mantenerte pura para tu único verdadero amor. Dios nos perdona nuestros pecados, por supuesto, pero los recuerdos tienen su manera de perseguirnos y afloran en el peor de los tiempos. Cuando tú y tu verdadero amor por fin se unan, no querrás que ningún recuerdo de pasadas experiencias esté revoloteando por tu mente. Desearás entregarte por completo y sin preocupación a tu cónyuge.

«Pero, ¿qué hago si ya he pecado?», tal vez preguntes.

Ah, sí. Eso es doloroso. ¿Qué haces en ese caso?

Vienes a Jesús con tu pecado. Te arrodillas ante Él y le pides que te muestre el significado del pecado y lo que tu pecado le hizo a Él. No te apresures. Deja que Dios te hable. Deja que Él quebrante tu corazón. Deja que las lágrimas corran. Laméntalo. Esto no es algo que podrás resolverlo por ti misma, porque si así fuera, tendría poco o ningún significado y valor. Deja que el Espíritu Santo obre en tu corazón mientras esperas en Él.

Luego pídele a Jesús que te muestre su cruz. Agradécele que, pequeña como eres, puedas refugiarte en su grandeza. Agradécele que, sin importar cuán terrible sea tu pecado, puedes acudir a Él y a su cruz. Agradécele que aunque no le has amado como debieras, puedes refugiarte en su perdón.

Y luego escúchale pronunciar Sus dulces palabras de perdón para ti. Abre tu corazón y permite que el Espíritu Santo derrame en ti esa increíble paz que sobrepasa todo entendimiento. Déjale que te convierta en una nueva persona.

Y luego, camina hacia el futuro con Jesús, amándole deleitándote en hacer su voluntad y ansiosa de descubrir las sorpresas que tiene guardadas para ti. Que Dios te acompañe, amigo o amiga mía.

Si necesitas más ayuda para orar, usa el Salmo 51 como modelo. Los siguientes versículos te darán consuelo y seguridad de haber sido perdonado por Dios: 1 Juan 1.9; Romanos 8.1; Juan 6.37; Salmo 103.3, 4; Isaías 43.1, 2, 5, 6, 25.

8 ❖ ¿CUÁNDO ESTARÉ EN CONDICIONES DE CASARME?

Con anterioridad hemos dicho que la adolescencia es un tiempo de preparación para el matrimonio. Hablemos ahora un poco más sobre este asunto.

¿Cómo podemos prepararnos para el matrimonio? ¿Cuándo deberíamos empezar a salir con personas del sexo opuesto? ¿Cuándo podríamos comenzar a andar juntos como novios en serio? ¿Cómo puedo saber si es verdadero amor o si es un amorío? ¿Qué responsabilidades debemos asumir cuando nos casemos? ¿Qué edad debemos tener para asumir esas responsabilidades? ¿Qué quiere decir que tenemos que «dejar» a nuestros padres? ¿Por qué no podemos vivir con nuestros padres después de casarnos? ¿Cuánto tiempo debemos esperar que nuestros padres nos sigan manteniendo? ¿Por qué el gustarnos mutuamente es un factor tan importante en un buen matrimonio?

Exploraremos ahora estas y muchas otras preguntas. Este capítulo puede ser divertido.

Un estudio bíblico: ¿Qué significa casarse?

Lee Génesis 1.27 y 2.24 y luego considera las siguientes preguntas:

1. Algunos dicen que las relaciones sexuales son correctas para las parejas comprometidas y que dicen que se quieren el

uno al otro. ¿Según estos versículos qué deben hacer, según Dios, los que desean casarse?

Ellos deben ______________a sus padres.

Si la relación entre padres e hijos ha sido buena y cariñosa, ¿es fácil hacer eso? ¿Por qué hay lágrimas que se vierten el día de las bodas?

Walter Trobisch, en *I Married You* [Me casé contigo], dice: «Dejar es el precio de la felicidad». También dice: «A los padres se les puede comparar con la gallina que incuba huevos de pato. Después de que salen del cascarón, los patitos se van al agua y se lanzan a nadar. Pero las gallinas no pueden seguirlos. De modo que se quedan en la orilla a cacarear».

¿Cuáles son algunas de las implicaciones prácticas de «este dejar»? Por ejemplo, con las rentas actuales y el costo de la vivienda tan alto, algunas parejas jóvenes no tienen otra alternativa que vivir, por un tiempo, con los padres de alguno de ellos, para poder ahorrar dinero y acceder al anticipo del alquiler de una casa. ¿Cómo puede hacerse esto si se supone que la persona debe «dejar» a sus padres? En tal caso, ¿será mejor quedarse con los de la muchacha o del muchacho? ¿Cuál es el riesgo para la joven pareja? ¿Cómo puede semejante arreglo causar dificultades a los padres?

¿Cuál es la diferencia entre «dejar» y abandonar?

¿Cuál es la diferencia entre ver a una mujer como suegra y mirarla como miembro de la familia?

¿Cuál familia con mayor probabilidad interferirá en el matrimonio joven: la familia del muchacho o de la muchacha?

Algunas veces los jóvenes dejan su hogar o sus padres de una forma incorrecta. ¿Puedes explicar cuándo ocurre esto?

2. Mira a la segunda parte de estos versículos: Después que la pareja joven deja a sus padres, ellos deben ____________el uno al otro.

¿Qué significa la palabra «unirse»?

«Unirse» significa estar más cerca el uno del otro que de cualquier otra persona o cualquier otra cosa. En el curso del matrimonio, ¿qué cosas pueden llegar a estar más cerca de los dos?

¿Por qué será que se usa la palabra «unirse» en lugar de la palabra «amar»?

Si el esposo, la esposa y los hijos están unidos, ¿qué ocurre si se llega a dar el divorcio? ¿Qué sentimientos produce?

3. Cuando la joven pareja deja a sus padres y se unen el uno al otro, ¿qué ocurre luego?

¿A qué unión se refiere la expresión «serán una sola carne»?

¿Qué viene después de la palabra «carne» en Génesis 2.24? ¿Qué significa esto? ¿Cómo ofrece esto consuelo a las parejas que no pueden tener hijos?

4. ¿Qué rito o ceremonia se realiza públicamente cuando los jóvenes quieren dejar a sus padres y unirse el uno al otro?

5. Después de que se realiza la ceremonia, ¿qué es permisible?

6. En la cultura norteamericana enfatizamos que debe haber amor entre el hombre y la mujer antes de que piensen en casarse. En muchas culturas, sin embargo, esto no es cierto. Viví en la India por siete años y allí muchos de los matrimonios son arreglados. Cuando las personas hablaban acerca de las diferencias entre las costumbres del Oriente y del Occidente, algunos de ellos citaban un proverbio tradicional: «Cuando enfatizas el amor antes del matrimonio», decían, «es como llenar una olla con agua caliente y ponerla sobre la estufa», pero la hornilla está solamente encendida en su punto más bajo. El agua se enfría. Nosotros ponemos una olla con agua fría sobre la estufa, explicaban, «y aunque la estufa esté encendida en su punto más bajo, el agua lentamente se calentará».

¿Qué entiendes de este proverbio?

En el drama musical *El violinista en el Tejado,* Tevye, el lechero, se casó en un matrimonio arreglado por sus padres. Pero sus hijas adolescentes asumían sus responsabilidades. Se enamoraron y tomaron sus propias decisiones. Tevye observaba esto, perplejo.

Un día habló con Golde, su esposa, acerca de cuán diferente habían actuado ellos. Él no había visto a Golde sino hasta el día de su boda. Ambos se confesaron cuánto miedo sintieron, cuán cohibidos y nerviosos estaban. Pero, le recordó Tevye a

Golde, sus padres habían dicho que los recién casados aprenderían a amarse el uno al otro. Quedaron en silencio.

Entonces, tímidamente, Tevye le pregunta a Golde: «¿Cómo es eso, Golde, me quieres?»

Golde miró al techo. ¿Puedes adivinar su respuesta? Trata de llenar las palabras que faltan:

«¿Que si lo quiero?
Por veinticinco años he ________________ con él.
________________ con él, ________________ con él.
Veinticinco años mi ________________ es la suya.
Si eso no es ________________, ¿qué es?»[1]

¿Te gustaría que tus padres arreglaran tu matrimonio? ¿Cuál sería el riesgo? ¿Cuáles serían algunas de las ventajas?

Más y más personas en nuestra cultura occidental tratan de entrar en el matrimonio mediante las relaciones sexuales. No esperan a que el verdadero amor crezca. ¿Estás de acuerdo o en desacuerdo con las siguiente declaraciones? Indica las razones de tus opiniones.

a. El amor no surge de las relaciones sexuales.
b. Las relaciones sexuales surgen del amor.[2]

---

1 Joseph Stein, *Fiddler on the Roof* [El violinista en el tejado], Crown Publishing Inc., 1964

2 Preguntas en *I Married You* [Me casé contigo] de Walter Trobisch, Harper & Row.

¿Con qué clase de persona quieres casarte?

¿Qué cualidades en una persona piensas que contribuyen a tener un matrimonio y un hogar feliz? Haz una lista a continuación.

Al mismo tiempo, pide a tus padres que hagan una lista de las cualidades que aprecien más en su cónyuge.

Cuando todos hayan completado esta tarea, compara las listas. Dicho sea de paso, ¿cuántas cosas de la tuya se refieren a la apariencia exterior de la persona? ¿A sus vestidos? ¿Por qué estas cosas llegan a ser menos importantes con el paso de los años, que lo que parecían ser cuando éramos más jóvenes?

¿Puede esta lista ayudarte de alguna manera, en pocos años, cuando pienses en comprometerte con alguien?

¿Qué piensas de ti mismo?

¿Cómo completarías la siguiente declaración: Me siento querida y apreciada y que soy valiosa cuando...

En el espacio que sigue, haz una lista de los eventos y acontecimientos que hacen que te sientas querida y apreciada. Ahora compara la lista con la de la siguiente página.

Siento que me quieren y que valgo la pena ...

- Cuando tengo amigos, aunque no me guste lo que vea en el espejo.
- Cuando puedo hacer algo bien.
- Cuando puedo perdonarme yo misma y pensar en otros.
- Cuando pienso en cuánto me ama Dios.
- Cuando sé que Dios me ha perdonado.
- Cuando alguien me elogia o me agradece.
- Cuando obedezco a mis padres.
- Cuando me va bien en la escuela.
- Cuando oro.
- Cuando cuido mi cuerpo.
- Cuando tengo éxito.
- Cuando fracaso, pero no me pongo celosa ni me desanimo lo suficiente como para darme por vencida.
- Cuando tengo mi cuarto limpio y en orden.
- Cuando aprendo alguna nueva habilidad.
- Cuando puedo perder sin disgustarme.
- Cuando digo que no a alguien que quiere que yo haga algo que considero incorrecto.
- Cuando alguien me dice que está seguro que puedo hacer algo que nunca he realizado antes y estoy un poco temerosa de enfrentarlo.
- Cuando hago algo venciendo mi timidez (como por ejemplo, ponerme de pie frente a mucha gente y presentar un informe).
- Cuando digo «lo lamento» después de haber hecho algo equivocado.

¿Qué mencionaste tú que no está en esta lista? Algunos de estos asuntos, ¿te hicieron recordar otras cosas que habías olvidado? Tal vez tú quieras añadir algunas. Luego tómate un momento para agradecer a Dios por las cosas que has mencionado. Agradécele porque te ha capacitado para hacer lo que puedes hacer y ser la persona que eres.

Pregunta: ¿Cómo piensas que puede influir tu vida amorosa y sexual el hecho de que te guste lo que estás haciendo y te sientas bien contigo mismo?

¿Qué responsabilidades implica el matrimonio?

¿Cuáles son algunas de las responsabilidades que las personas asumen o deberían asumir cuando se casan? Haz una lista a continuación, indicando las responsabilidades que vengan a tu mente.

Pídele a tus padres que hagan una lista similar.

Cuando todos hayan terminado sus listas, compárenlas. Si no haces este ejercicio con tus padres, tal vez querrás comparar la lista con la que se encuentra en la siguiente página. ¿Qué cosas no están en ella que tú recordaste en la tuya?

Para poder tener un matrimonio feliz quiero un cónyuge que...

1. Pueda ser capaz de contribuir para el sostén financiero de la familia.
2. Pueda manejar sabiamente las finanzas.
3. Posea la capacidad y la disposición para cuidar del hogar.
4. Tenga la capacidad y sepa cuidar el automóvil.
5. Tenga la capacidad y esté dispuesto a cuidar del patio y del jardín.
6. Esté dispuesto a compartir las responsabilidades de criar hijos si Dios los da.
7. Sea capaz y esté dispuesto a cocinar comidas apetitosas y nutritivas.
8. Esté dispuesto a vivir dentro de un presupuesto.
9. Se comprometa a cuidar de su propia salud y de la salud de la familia.
10. Se comprometa a dar atención al bienestar de la familia y a desarrollar y fortalecer su propia vida espiritual y la de toda la familia.

Ahora evalúa tu lista para ver cuáles cosas piensas que serán las más importantes que reúna tu cónyuge para que puedas tener un matrimonio feliz. Numéralas, 1, 2, 3, etc., en orden de importancia. ¿Con cuáles tienes dificultades para lograrlas ahora? ¿Qué se necesitará para que puedas cumplirlas bien? Dialoga sobre esto.

¿Cómo se ve el matrimonio a los diecisiete?

La siguiente es una carta que una chica de diecisiete años le envió a la periodista Ann Landers.

> Déjeme decirle lo que es casarse a los diecisiete años. Es como vivir en esta pocilga de un tercer piso. La única ventana que tienes te deja ver nada más que otra pocilga del mismo piso.
>
> Es venir a casa tan cansada, que te sientes casi caerte muerta por haber estado todo el día de pie en tu empleo como cajera en el supermercado. Pero ni siquiera te atreves a sentarte, porque a lo mejor

ni siquiera podrás volver a levantarte. Y hay tantas cosas para hacer: cocinar, lavar y planchar. Lo haces todo y detestas tu trabajo.

Te preguntas a ti misma: «¿Por qué no renunciar?» Y tú sabes por qué. Porque hay cuentas que pagar: cuentas de alimentos, cuentas de medicinas, alquiler... Y el asqueroso sueldito del trabajo de Jimmy en el depósito de madera no alcanza. Ese es el porqué.

Entonces despides a la niñera y tratas de jugar con la nena hasta que Jimmy llegue a casa. Sólo que algunas veces no te sientes con ganas de hacerlo. Pero lo haces de todas maneras, porque te sientes culpable de haber estado lejos de ella todo el día. Entonces preparas la leche de la niña y lavas sus pañales y detestas tener que hacerlo. Y te preguntas cuánto tiempo pasará antes de que ella pueda notar que lo detestas. Y, ¿no sería terrible si ya lo sabe?

Entonces otra vez Jimmy no llega a casa, y sabes que decidió irse de nuevo con los amigos y hacer las cosas que debería haber hecho antes de casarse contigo.

Así que, finalmente, comes sola la sosa comida y te vas a la cama y lloras hasta quedarte dormida. Cuando él llega a casa puedes saber desde lejos que ha estado bebiendo, pero no dices ni una palabra porque él detesta que le digan algo. De modo que tratas de volverte a dormir, y sueñas con tus padres y con tus hermanos y hermanas y los chicos que conocías en la escuela. Piensas en las estupendas comidas que solía preparar tu madre y en el lindo cuarto que tenías en tu casa.

Entonces te acuerdas cómo ella trató de disuadirte para que no te casaras tan joven y cómo la llamaste vieja seca y la acusaste de haberse olvidado de lo que es estar enamorada.

Tratas de sacar de tu mente el pensamiento de otros muchachos, pero continúan regresando. Especialmente cierto muchacho que te dio tu primer beso. Ganó el premio de ciencias del estado y va a ser médico.

Te preguntas cuán diferente sería tu vida si hubieras ido a la universidad. Tienes el sentimiento de que Jimmy y la nena son parte de una pesadilla. Pero sabes que no es sueño. Es algo real. De modo que alargas tu mano para tocar a Jimmy y él te empuja para alejarte, mientras masculla una grosería. Lloras otra vez hasta quedarte dormida de nuevo y te despiertas con un terrible dolor de cabeza. Qué manera de empezar otro día de arduo trabajo.

Si alguna vez usted se encuentra con alguien que piensa que sabe lo que es estar casada a los diecisiete años, por favor déle mi carta.

(Firmada) Lamento[3]

---

[3] Tomado con permiso de Ann Landers, News America Syndicate, y el *Forum Newspaper*, Fargo, North Dakota.

Ann Landers añadió: «Podría publicar una carta similar a esta todos los días de la semana, pero, ¿de qué sirve? ¿Hay alguien prestando atención? Espero que sí».

Patrones de hábitos

Todos tenemos hábitos. Cuando vivimos con otra persona año tras año y día tras día, si nuestros hábitos no son parecidos, podemos empezar a irritarnos y fastidiarnos mutuamente. Por lo general los matrimonios son menos tormentosos si ambos cónyuges tienen por lo menos algunos hábitos en común.

¿Cuáles hábitos te gustaría que tuviera tu cónyuge? ¿Cuáles tienes tú? ¿Piensas que alguno de ellos pudiera ser una fuente de irritación para la otra persona?

Lee cada uno de los ejercicios que siguen y decide cómo actuarías en cada situación.

1. Donaldo y María llevan seis meses de casados. María es muy pulcra, pero Donaldo deja su ropa tirada por todo el suelo, lo cual la irrita. ¿Cómo podrían Donaldo y María resolver este problema? Primero sugiere algunas soluciones. Luego pregunta a tus padres cómo resolverían ellos esta situación.

2. A Juanita le gusta acostarse y levantarse tarde, porque su trabajo no empieza sino hasta las 9 de la mañana. Marcos, su esposo, debe estar en pie a las 5:00 a.m. para ir a trabajar. Por la noche está cansado y quiere irse a la cama a las 9:00 p.m. No se ven en la mañana y pasan muy poco tiempo juntos por la noche. ¿Qué podrían hacer Juanita y Marcos para poder pasar más tiempo juntos?

3. Durante la infancia de Carolina su madre trabajaba fuera de su hogar, de modo que ella prácticamente creció a base de alimentos rápidos y comidas ya preparadas. Todavía le agradan y no le gusta cocinar. La madre de Terencio, por su lado, siempre preparaba cenas caseras completas. Terencio las prefiere. ¿Cómo podrían Terencio y Carolina llegar a un arreglo satisfactorio?

4. A Pablo le gusta ver los partidos de fútbol y béisbol en la televisión los sábados, pero ése es el único día en que Bárbara

y Pablo están completamente libres para hacer cualquier cosa juntos. Bárbara quiere salir. Pablo quiere quedarse en casa y ver los juegos. ¿Cómo podrían Pablo y Bárbara resolver esto?

5. Jasón y Cristina han estado casados durante seis meses. Viven en un apartamento pequeño. Jasón no se pierde ni uno solo de los programas deportivos por televisión, pero el departamento es tan pequeño que Cristina no sabe a dónde irse cuando él tiene encendida la televisión. Eso la irrita cada vez más. ¿Qué podrían hacer?

Preguntas que hacen los muchachos y muchachas

1. *Tengo diecisiete años. Cumpliré los dieciocho la próxima primavera al graduarme de la secundaria. Conocí a un muchacho encantador en la escuela y nos queremos. Deseamos casarnos la próxima primavera. Mis padres dicen que tengo que esperar por lo menos dos años. ¿Por qué piensa usted que es necesario esperar? Sabemos que estamos enamorados y queremos casarnos.*

Lo más probable es que tus padres estén preocupados porque saben que el cincuenta por ciento de los matrimonios de adolescentes terminan en divorcio. Una de las razones por la cual esto ocurre es que confunden el enamoramiento con el amor. ¿Cómo puedes distinguir entre los dos?

El enamoramiento, ese sentimiento glorioso y atolondrado, es sobre todo egocéntrico. Cuando estás enamorada, piensas principalmente en cuán emocionada estás y cuán amada te sientes. El verdadero amor se preocupa por la felicidad y el bienestar de la otra persona.

Segundo, los sentimientos románticos del amorío son como las aguas turbulentas de un arroyo de montaña en la primavera. El problema es que cuando llega el tórrido verano el arroyo se seca. De la misma manera, los sentimientos «excelsos» de los amoríos jamás duran. Incluso en los matrimonios consolidados los sentimientos románticos no persisten todo el tiempo. Puede haber períodos cuando el uno no sienta particularmente amor por el otro. Pero, a pesar de eso, continúa viviendo con la otra persona y aceptándola. Incluso si la otra se torna tan irritable, gruñona, malhumorada, ociosa o iracunda, que es difícil gustar de ella, todavía sigue con su cónyuge. Eso es amor. El amorío se da por vencido.

Una de las pruebas más eficaces para una relación es el *tiempo.* ¿Cuánto tiempo? Mientras más joven seas, más largo debe ser el tiempo. Si todavía tienes menos de veinte años, yo diría que por lo menos dos años. Después de todo, el matrimonio debe ser para siempre, para toda la vida.

De aquí a seis o siete años te sorprenderás en la forma radical en que cambiará lo que te atrae de una persona ahora. Por ejemplo, en una encuesta de tres mil adolescentes de entre trece y diecinueve años, realizada por la revista *Seventeen* [Diecisiete] hace algunos años, las jóvenes mencionaron lo siguiente como lo que más las atraía de los muchachos:

Apariencia 46,5 %
Amistad 38,8 %
Sentido del humor 10,1 %
Personalidad 5,3 %
Inteligencia 5,3 %

¿Suena familiar?

Es muy interesante, si se les hace la misma pregunta a mujeres de veinticinco a treinta años, la lista con toda probabilidad será por completo a la inversa, con la inteligencia, la personalidad y el sentido del humor ocupando los porcentajes más altos y la apariencia colocada en un lugar muy por debajo.

Algunas mujeres solteras, cercanas a los treinta, conversaban sobre los hombres. «Si Roberto no estuviera casado con Tamara», dijo una, «haría cualquier cosa por casarme con él».

Esta atractiva joven se refiría a un hombre de corta estatura, gordo y con una incipiente calvicie. De modo que, ¿por qué le parecía tan maravilloso? Porque él se interesaba en las personas y era divertido estar en su compañía. Créeme, mientras más años tengas, ¡más cambiarán tus valores!

Por esto es que los adolescentes que quieren casarse necesitan tomar la decisión muy despacio, con mucho cuidado y con mucha oración. Luego su relación deberá ser probada por un período de compromiso. Es preferible romper un compromiso que divorciarse.

2. *¿Cree usted que Dios ha escogido una persona en particular con la cual debo casarme?*

Creo que debemos orar por la dirección de Dios y tener confianza en que Él nos ayudará. Pero Dios nos ha dado una mente para pensar y voluntad para escoger, entonces espera que usemos ambas cosas sabiamente. Aun cuando algunas personas testifican que Dios les dio un mandamiento directo en un sueño o en una visión, para que se casaran con alguien a quien no conocían ni querían muy bien, esto en verdad no es la manera usual en la cual Dios nos guía.

3. *La hijita de nuestro vecino tiene meningitis espinal y ya está ciega y parece que casi ya no puede pensar. Mamá dice que los padres de la niña han estado riñendo tanto que teme que el matrimonio se acabará. ¿Qué anda mal? ¿Acaso no se querían realmente el uno al otro? ¿No es cierto que el verdadero amor sobrevive a cualquier cosa?*

El amor puede sobrevivir situaciones muy difíciles tal como la que has descrito, pero algunas veces no lo logra. ¿Por qué? Porque el amor es frágil y necesita que se lo trate con cuidado. El amor es algo vivo y todas las cosas vivas necesitan que se les nutra y se les atienda para poder sobrevivir. Cuando tropiezan con problemas de alguna clase, las parejas deben trabajar más duro para mantener saludable su amor. También necesitan otros amigos que puedan ayudarles a comprenderse a sí mismos y sus reacciones; amigos que contribuyan a que puedan sobrellevar los problemas. Es difícil para cualquier pareja resistir los problemas, librados únicamente a sus propias fuerzas.

4. *¿Por qué las personas no pueden simplemente vivir juntas sin casarse? ¿Por qué es importante o necesario casarse?*

El matrimonio, sobre todo, es una relación especial de amor entre un hombre y una mujer. En la Biblia se usa ese vínculo para describir la relación entre Dios y su iglesia. El libro de

Oseas se refiere a esto a menudo y el apóstol Pablo también escribe al respecto en Efesios 5.25-32.

El matrimonio también significa que un hombre y una mujer han hecho un pacto de ser fieles reciprocamente hasta que la muerte los separe. Jesús se refirió a esto cuando dijo: «¿No han leído ustedes en la Escritura que el que los creó en el principio, "hombre y mujer los creó". Y dijo: "Por eso, el hombre dejará a su padre y a su madre para unirse a su esposa, y los dos serán como una sola persona. Así que ya no son dos, sino uno solo. De modo que el hombre no debe separar lo que Dios ha unido"» (Mateo 19.4-6, VP).

En Hebreos 13.4 se menciona la santidad, esto es, la calidad especial o cualidad única del matrimonio: «Todos deben tener en alta estima el matrimonio y debe conservarse pura la relación conyugal, porque Dios juzgará a los adúlteros y a todos los que cometen inmoralidades sexuales» (Hebreos 13.4, NVI). El matrimonio, declara este versículo, es bueno y honorable y todos deben respetarlo. La relación sexual es una parte integral del matrimonio. Las personas no deben tener relaciones sexuales a menos que estén casados y éstos no deben tenerlas con nadie que no sea aquel o aquella con quien se han casado.

La sociedad o el estado reconocen que las personas se han casado cuando han solicitado licencia y luego han entrado en un contrato legal prometiéndose ser fieles el uno al otro, en presencia de un ministro o alguien autorizado por el gobierno para celebrar matrimonios. Éstas ayudas proveen de una protección en contra de la insensatez y la infidelidad en los matrimonios. Los creyentes, por consiguiente, deben certificar legalmente su pacto matrimonial, y buscar la bendición de su iglesia en una ceremonia pública.

¿Puede sobrevivir este matrimonio?

Alfredo y María llevan casados seis meses. Proceden de diferentes ambientes. Cada vez que riñen, Alfredo le dice: «Tu madre nunca te enseñó a cocinar».

María le dice: «Tus padres son aburridos. No saben cómo divertirse».

Alfredo dice: «La casa de tus padres siempre está en desorden».

María dice: «Tus padres tienen ideas extrañas en cuanto a las relaciones sexuales».

Alfredo dice: «Tus padres nunca le dieron tiempo a Dios ni a la iglesia».

María dice: «Tus padres le dedicaban más tiempo a la iglesia que a sus hijos. ¿Qué clase de religión es esa?»

¿A dónde conducirá esta clase de conversación entre Alfredo y María?

¿Qué nos dicen sus comentarios en cuanto a la relación que tenían antes de casarse?

¿Piensas que su matrimonio puede sobrevivir?

¿Qué deben hacer Alfredo y María?[4]

---

[4] Para más ayuda sobre cómo vivir en armonía, lee *Telling Each Other the Truth* [Dígase la verdad], de Willian Backus Bethany House Publishers, Minneapolis, 1985.

9 ❖ ANTICONCEPTIVOS: ¿BENDICIÓN O DESASTRE DISFRAZADO?

Si creemos que no debemos tener relaciones sexuales fuera del matrimonio, ¿por qué debemos hablar de anticonceptivos? Por varias razones, pero sobre todo debido a que los adolescentes tienen mucha información errada en cuanto a los mismo. Debido a esto algunos llegan a creer que no corren ningún riesgo, cuando en realidad sí los corren. Los anticonceptivos, incluso cuando se usen correctamente, no son ciento por ciento eficaces.

La información que se da aquí *no es* para inclinarte a pensar que las relaciones sexuales premaritales son correctas. No lo son.

Hay dos razones principales para incluir este capítulo. Primero necesitas conocer los hechos para saber cuándo tus amigos dicen cosas erradas y hasta peligrosas. Segundo, los jóvenes necesitan información *veraz*. Por ejemplo, es posible que hayas oído que el método de «retirarse» es seguro. No lo es. Quizás pienses que un dispositivo intrauterino es la respuesta, pero no sabes que a veces genera infección, la cual, puede causar esterilidad. Luego, años más tarde, cuando te hayas casado y *quieras* tener hijos, tal vez no puedas tenerlos.

Tener información errónea es lo mismo que encender un fósforo cerca de un tanque de gasolina abierto. Todo puede explotar en tus narices.

Otra razón por la cual necesitas saber algo respecto a los anticonceptivos es que después de casarte, probablemente querrás decidir cuántos hijos quieres y cuánto tiempo dejarás pasar entre uno y otro. Esa será la etapa *apropiada* para usar anticonceptivos. Pero, de nuevo, debes saber cuáles son los diferentes anticonceptivos, su grado de seguridad y las complicaciones que pueden resultar de su uso, etc.

Sin embargo, no vamos a darte información detallada en este libro; así que, cuando ya estés listo o lista para casarte, podrás estudiar el asunto con más cuidado y consultar con tu médico y posiblemente con tu pastor. Pero aprendamos por ahora algunas cosas básicas.

Preguntas que hacen los jóvenes acerca de la anticoncepción

1. *Si un muchacho «se retira», es decir, si saca su pene antes de alcanzar el orgasmo, ¿puede estar seguro de que la muchacha no quedará encinta?*

No. Una cantidad del semen puede emanar antes de que ocurra el orgasmo. Recuerda que cientos de millones de células diminutas están listas para salir cada vez que uno se excita sexualmente. No hay manera de estar seguro de que las has controlado a todas simplemente con retirarte. Muchas células pueden escaparse antes del orgasmo.

2. *¿No es cierto que hay ciertos días en el ciclo menstrual de la muchacha cuando no puede quedar encinta?*

El período «seguro» del ciclo de la mujer usualmente va del primero al décimo día de su ciclo y del día diecinueve hasta el día veintiocho. Esta forma de anticoncepción se le llama el «método del ritmo». Sin embargo, algunas no tienen ciclos regulares, lo cual hace difícil determinar con exactitud cuáles son los días «seguros». Hay libros que describen las técnicas para determinar los días denominados «seguros».

3. *Si tomo mucho licor antes de tener relaciones sexuales, ¿acaso los espermatozoides no quedarán tan borrachos que no podrán encontrar el óvulo?*

El alcohol no afecta de ninguna manera la capacidad de los

espermatozoides para encontrar al óvulo. Además, la Biblia tiene mucho que decir en contra de la embriaguez.

4. *Si una persona no experimenta el orgasmo, ¿puede estar segura de que no quedará encinta?*

No hay ninguna relación entre las dos cosas. Una muchacha puede no experimentar orgasmo y sin embargo quedar embarazada.

5. *Si riego líquido dentro de mi vagina o me doy una ducha vaginal después de tener relaciones sexuales, ¿no puedo estar segura que no quedaré encinta?*

Ninguna de las dos cosas sirven ni siquiera un ápice para evitar un embarazo.

6. *Si la muchacha orina después de tener relaciones sexuales, ¿no se libra de los espermatozoides del varón?*

La uretra, el tubo por el cual orinas, está completamente separado de los órganos de tu cuerpo que participan en la relación sexual. Orinar no sirve absolutamente para nada en este sentido. La esperma del varón entra en la vagina, pasa a través del útero y avanza a las trompas de Falopio. Esta área está por completo separada de la uretra.

7. *Si el muchacho se envuelve el pene con una envoltura plástica, ¿no evitará eso que sus espermatozoides entren en la vagina de la muchacha?*

No. El único anticonceptivo razonablemente seguro de este tipo es el condón, un «globo» de caucho o plástico que se coloca sobre el pene. Pero el condón debe ser nuevo y entero, y debe usarse de acuerdo a las instrucciones. El condón puede prevenir la concepción, pero la envoltura plástica es peor que inútil. Un muchacho tal vez sugiera este método simplemente tratando de convencer a la muchacha para satisfacer sus propias necesidades sexuales, pero esto en realidad no le dará a ella ninguna satisfacción. *No tiene nada que ver con el amor y el placer mutuo* en el matrimonio.

8. *Si una pareja tiene relaciones sexuales regularmente durante un año, ¿cuáles son las posibilidades que ella quede encinta?*

Si no se usan anticonceptivos, noventa de cada cien mujeres quedarán encinta en el período de un año. Usando el método de la retirada o interrupción, veinte a veinticinco de cada cien mujeres quedarán embarazadas. Usando el método del ritmo, veinte a veinticinco concebirán y el porcentaje será el mismo para quienes usan correctamente la espuma. De las que utilizan el diafragma (una barrera de caucho colocada dentro de la vagina) junto con gelatina espermicida, quince a veinte concebirán. Cuando el hombre usa un condón, y lo usa exactamente de acuerdo a las instrucciones, alrededor de cinco a diez mujeres de cada cien quedarán embarazadas. Algunos dicen que la píldora, si se usa como debe ser, es virtualmente ciento por ciento eficaz y que es segura incluso si por casualidad se olvida de tomar alguna. Otros dicen que entre cinco a diez mujeres de cada cien quedarán encinta. Sólo cinco de cada cien de las que se ponen un dispositivo intrauterino conciben, pero hay peligros en su utilización y además, un doctor debe insertarlo. Algunas veces el útero lo expulsa de forma espontánea.

Como puedes ver, ningún anticonceptivo es ciento por ciento eficaz para prevenir la concepción. De modo que la única manera segura de evitar el embarazo antes del matrimonio es no tener relaciones sexuales. Eso sí es ciento por ciento eficaz y efectivo. Y, después de todo, ese es el plan de Dios.

¿Cuánto sabes acerca de los anticonceptivos?

(En la línea a la izquierda escribe la letra correcta de la columna a la derecha, según corresponda a la definición)

_____ 1. Una substancia química que causa cambios químicos en el cuerpo de la mujer para impedir su ovulación.

_____ 2. Un sombrerito de caucho que la mujer se coloca dentro de la vagina antes de tener relaciones sexuales.

_____ 3. Una funda alargada de caucho que el hombre coloca sobre su pene erecto antes de tener relaciones sexuales.

_____ 4 Espumas, cremas o gelatinas que la mujer coloca en su vagina para matar a los espermatozoides.

_____ 5. Un anillo, bobina o aro de plástico que el médico inserta dentro del útero.

_____ 6. Método por el cual la pareja tiene relaciones sexuales sólo durante el período que se considera «seguro».

_____ 7. El hombre saca su pene antes de la eyaculación del semen.

_____ 8. Cortar una pequeña sección de los vasos deferentes y atar sus extremos.

_____ 9. Se cortan y atan las trompas de Falopio.

_____ 10. Abstenerse de tener relaciones sexuales.

a. diafragma
b. retirada
c. dispositivos intrauterinos
d. método del ritmo
e. condón
f. píldora
g. abstinencia
h. espermicidas
i. vasectomía
j. ligadura

Respuestas a: ¿Cuánto sabes acerca de los anticonceptivos?

1. *(f) Píldora.* Cuando una mujer no ovula, significa que éste no es liberado. Si no hay óvulo con el cual pueda unirse el espermatozoide, no puede haber embarazo.

La píldora se usa de dos maneras. En el primer caso una se toma por tres semanas, empezando el quinto día después de comenzada la menstruación. Luego se deja de tomar por una semana, durante la cual debe ocurrir el período menstrual. En otros casos, se toma todos los días sin interrupción, incluso durante el ciclo menstrual.

Se considera que la píldora es físicamente segura, cuando la ha recetado un médico y la usa una mujer joven y saludable. Después de los 35 años, sobre todos si la mujer fuma, hay riesgos de salud. El problema principal es el de desarrollarse coágulos sanguíneos que, si viajan a los pulmones, al cerebro o al corazón, pueden ser fatales. También se ha comprobado que quienes usan la píldora son tres veces más propensas a sufrir ataques cardíacos. Asimismo parece haber un aumento en el flujo vaginal, y en la incidencia de enfermedad de la vejiga, asi como hipertensión y varias deficiencias vitamínicas. En algunos casos aparecen manchas de color ocre en la piel. Las que usan la píldora parecen ser más susceptibles a la diabetes y a tumores en el hígado.

2. *(a) Diafragma.* El sombrerito mide alrededor de cinco a ocho centímetros de diámetro. Un médico se asegura de que ajuste apropiadamente, lo receta y le muestra a la mujer cómo insertárselo. El diafragma se usa con una crema espermicida y mantiene ésta sobre el cuello del útero, de modo que pueda trabajar eficazmente; pero sin la crema espermicida el diafragma es inútil.

3. *(e) Condón.* El condón o preservativo previene que la esperma no caiga en la vagina, se puede conseguir sin necesidad de receta. Para que sea eficaz debe ser nuevo y debe usarse exactamente de acuerdo a las instrucciones del fabricante. Si

el condón no se usa correctamente, no es confiable. Si se usa de forma apropiada con una crema espermicida es uno de los métodos más eficaces.

4. *(b) Espermicidas.* Aun cuando no son tan eficaces como la píldora o el aparato intrauterino, muchas mujeres usan espermicidas con éxito. Estos se pueden conseguir en las farmacias sin necesidad de receta médica. Fallan alrededor del veinte al veinticinco por ciento de las veces.

5. *(c) Dispositivos intrauterinos.* Los aparatos intrauterinos funcionan provocando una inflamación local, que previene la implantación del óvulo fecundado. Es relativamente barato. Una vez que el médico lo inserta, la mujer no necesita hacer nada más, excepto visitar al ginecólogo periódicamente para ver si hay complicaciones. Entre el cinco al veinte por ciento de mujeres los expulsan de forma espontánea. Algunas padecen de hemorragia menstrual excesiva, manchas de sangre entre sus períodos, calambres y dolor en la parte baja de la espalda. También está el riesgo de infección, que si persiste, puede causar esterilidad, enfermedad e incluso la muerte. En ocasiones, aun cuando rara vez, la pared del útero se perfora cuando se inserta el dispositivo intrauterino, puede ocurrir una hemorragia, incluso hasta el punto de causar la muerte. (Un fabricante perdió un juicio multimillonario debido a las lesiones que se adujo fueron causadas por sus dispositivos intrauterinos.) Si ocurriera un embarazo mientras está colocado, se producirá un aborto en el cincuenta por ciento de los casos. Si el doctor no saca de inmediato el dispositivo intrauterino, puede causar envenenamiento de la sangre e infección. Algunas mujeres mueren por esta causa.

Debido a que los dispositivos intrauterinos hacen que el óvulo fertilizado sea expulsado, en un sentido es un aborto del embrión. Por consiguiente, muchas personas creen que es moralmente incorrecto usarlos como método anticonceptivo.

6. *(d) Método del ritmo.* El problema con este método es que el mundo médico no ha sido capaz de hallar una manera fácil y precisa de decir cuándo ocurre la ovulación. El período

«seguro» de una mujer usualmente va del primero al décimo día de su ciclo, y del día diecinueve al día veintiocho; pero el ciclo no siempre es regular.

No hay, sin embargo, ningún riesgo de salud en el uso de este método y debido al considerable peligro inherente en muchos de los otros procedimientos de anticoncepción, los investigadores continúan buscando maneras de determinar con precisión cuándo ocurre la ovulación.

El método del ritmo también se lo conoce como el «planeamiento natural de la familia». Otro que se menciona bajo el «planeamiento natural de la familia», es la técnica de temperatura basal. Es necesario que tanto el esposo como la esposa la estudien y que ambos sigan las indicaciones con exactitud. Requiere que la mujer se tome la temperatura cada mañana y la anote en un gráfico y que verifique cada día la cantidad de mucus que descarga por la vagina. Pero este plan también significa que las parejas no pueden disfrutar de las relaciones sexuales por largos períodos cada mes. Eso puede ser duro. Pero los que defienden este procedimiento aducen que el método es muy eficaz, si se lo sigue fielmente. Y no se corre ningún riesgo de salud.

7. *(b) Retirada.* Este es un método antiguo. El problema es que el hombre tal vez no lo haga con suficiente prontitud, o que algo de semen se haya escapado antes de la eyaculación. La necesidad de retirarse produce cierta tensión en el acto sexual, lo cual puede impedir que la pareja disfrute por completo del mismo. La retirada no es confiable, pero probablemente logra evitar algunos embarazos.

8. *(i) Vasectomía.* Este método lo usan las parejas que ya no quieren más niños. Cortar y atar los vasos deferentes del hombre evita que el semen pase al pene y de allí a la vagina de la mujer. En lugar de eso, el cuerpo masculino absorbe la esperma. Es una operación menor, fácil y relativamente barata, que se hace el que está seguro que ya no quiere tener más hijos.

9. *(j) Ligadura.* En esta operación de cirugía en la mujer, se cortan las trompas de Falopio para que el óvulo no pueda pasar

de los ovarios al útero. La cirugía debe ser realizada en el hospital. El cirujano hace una pequeña incisión en el ombligo, inserta un pequeño telescopio a través del cual puede ver lo que hace. Luego introduce un cauterio eléctrico para quemar una pequeña sección de cada trompa y sellarlas, lo cual se considera permanente. Usualmente la paciente ni siquiera necesita quedarse una noche en el hospital. También hay otros métodos para realizar la ligadura.

10. *(g) Abstinencia.* Aun cuando este método puede practicarse por cortos períodos, por ejemplo durante el tiempo de la recuperación de alguna enfermedad, no es un procedimiento natural o normal, como para que lo practiquen con regularidad las parejas casadas. La relación sexual liga a la pareja, alivia la tensión y es un medio de expresar amor. Negarse al cónyuge no contribuye al matrimonio feliz. Léase el consejo del apóstol Pablo en 1 Corintios 7.2-6.

En adición a los métodos de anticoncepción mencionados arriba, algunos usan una esponja empapada en espermicida y colocada muy adentro de la vagina. La Dirección de Salud Pública de los Estados Unidos ha aprobado eso, se dice que es confiable en el ochenta y cinco por ciento de los casos, pero el procedimiento es muy nuevo y necesita más investigación.

Algunos cristianos creen firmemente que cualquier forma de anticoncepción artificial es mala. Por consiguiente, abogan sólo por los medios naturales, tales como la retirada, o alguna forma del método del ritmo. Debemos respetar sus creencias y llegar a una conclusión clara en cuanto al método que Dios quiere que usemos cuando ya estamos casados.

Para los jóvenes que todavía están solteros, la manera más simple y más feliz de evitar un embarazo no deseado es decir firmemente que no. Hay prendedores disponibles con la leyenda «NO» en una institución de Denver (P. O. Box 6480, Denver, CO 80206). Si dices que no, no tienes que preocuparte en cuanto a qué clase de anticonceptivos vas a usar, ni en cómo tienes que usarlos o los riesgos que corres. De modo que, ¿no es lo más fácil y lo más seguro decir que no?

El aborto, según se lo practica con frecuencia, es también una forma de anticoncepción. Consideremos este tema a continuación.

Veinte preguntas en cuanto al aborto

1. *Mi amiga en la escuela dijo que su madre tuvo un aborto. ¿Qué significa eso?*

La madre de tu amiga estaba encinta, pero no pudo retener al bebé hasta el momento del nacimiento. Si los músculos del útero se contraen y expulsan al feto antes de que tenga cuatro meses, la gente dice que ha tenido un aborto. En círculos médicos se conoce como un «aborto espontáneo». Nadie sabe por qué ocurren. Hay probablemente muchas razones y seguramente algún día los médicos las descubrirán.

2. *¿Cuál es la diferencia entre un aborto espontáneo y un aborto inducido?*

En el aborto espontáneo el feto es expulsado del útero de la madre sin que ésta haga nada. Simplemente así ocurre. En el aborto inducido, el feto, la placenta y el tejido se extraen a propósito del útero. Hay cinco métodos para hacerlo.

Algunas veces se hace quirúrgicamente. Se anestesia a la madre y el cirujano elimina el feto, la placenta y los tejidos con ciertos instrumentos. Esta operación se llama un *raspado* o *curetaje*. Algunas veces, cuando la madre ha tenido un aborto, algo de los tejidos queda dentro del útero. Esto causa hemorragia y debe someterse a un curetaje para limpiar el útero y detener el sangramiento.

Otro procedimiento quirúrgico es la «succión al vacío», o «curetaje por succión». Este método se introdujo en China en 1958 y en los Estados Unidos a mediados de la década del 60.

Se administra a la mujer un anestésico local, usualmente en el consultorio de un médico, quien dilata el cuello del útero insertando instrumentos en forma de varillas cada vez más grandes; finalmente introduce un instrumento hueco de metal o de plástico, conectado a un tubo largo, el cual está unido a una bomba mecánica o eléctrica. La succión desprende al feto y lo extrae. El procedimiento toma alrededor de diez minutos.

Algunas veces la muchacha puede tomar una *píldora para la mañana siguiente*, si ha tenido relaciones sexuales sin haber usado anticonceptivos. Toma dos píldoras por día durante cinco días y debe empezar no más tarde de tres días después del acto sexual. La píldora contiene enormes cantidades de un estrógeno sintético, hecho de alquitrán. Se piensa que evita que el óvulo fertilizado se adhiera a las paredes suaves y acolchonadas del útero. Pero los efectos secundarios, tales como la náusea y el vómito, son frecuentes. El uso de la píldora de estrógeno sintético también se ha asociado con una incidencia mucho más alta de cáncer cervical y vaginal.

Otro procedimiento, usado después de que la mujer ha estado embarazada durante dieciséis semanas, se llama el *aborto salino*. Se inserta una aguja larga dentro del saco que contiene el fluido amniótico en donde flota el bebé. Por medio de la aguja se saca una cantidad del líquido amniótico y se lo reemplaza con una solución concentrada de sal. La solución de sal penetra en los pulmones y el tracto digestivo del feto. También quema la capa superior de la piel del feto. Por lo general toma una hora antes de que la vida del bebé termine. La madre empieza el parto usualmente al día siguiente, y da a luz un bebé muerto casi siempre. Unos pocos de estos bebés han nacido vivos.

La cuarta técnica se llama la *histerectomía* y se la usa algunas veces, aunque en varias ocasiones, si el embarazo ya ha avanzado trece semanas o más. Se hace una incisión en el abdomen y el útero y se sacan la placenta y el feto. Esta es una operación de cirugía. Se deja que el bebé muera por sí solo. Los bebés que son extraídos en este estado y de esta manera son muy pequeños, pero se sabe que algunos mueven las piernas y los brazos, boquean y respiran y hasta parece que hacen un esfuerzo por llorar.

El quinto método se llama *aborto químico de prostaglandina*. Se usa un compuesto químico que hace que se contraigan los músculos del útero y expulsen al bebé. Algunos bebés que son abortados de esta manera han nacido vivos.

3. *Tenemos una discusión en la escuela. Yo digo que sólo los médicos pueden efectuar abortos. Una de las muchachas dice que conoce de personas que han ido a clínicas de abortos, en donde no hay ningún médico. ¿Puede ocurrir esto?*

La mayoría de los abortos se realizan en hospitales, por parte de médicos calificados. Sin embargo, se ha sabido de algunas clínicas que operan sin licencia y en condiciones antihigiénicas, lo cual aumenta los riesgos para la madre. El número creciente de infecciones, hemorragias, úteros perforados e incluso muertes habla elocuentemente de los riesgos de cualquier aborto; riesgos que se multiplican severamente cuando es inducido por una persona sin los debidos conocimientos.

4. *Nuestra maestra dice que la legalización del aborto los ha hecho más seguros; que hace años las mujeres pobres solían acudir a dondequiera que pudieran para encontrar ayuda y que a menudo morían. ¿Es esto cierto?*

Es verdad que en el pasado millares de mujeres, muchas de ellas pobres y abandonadas por los padres de los hijos, acudían a gente sin credenciales para que les hicieran abortar, porque la ley no permitía que los médicos lo realizaran. Estas mujeres sufrieron. Hoy las leyes han cambiado. Pueden hacerse abortos en la mayoría de los hospitales.

Pero, desafortunadamente, esto no ha reducido el número de abortos ilegales. En lugar de eso, en Escandinavia, Hungría, Alemania Oriental e Inglaterra, los abortos criminales han aumentado desde que se legalizó la interrupción del embarazo. Fuentes oficiales en todas partes, desde Nueva York hasta Colorado, han informado que la misma tendencia existe en los Estados Unidos. Legalizar el aborto, por consiguiente, no ha reducido el número de abortos ilegales, sino que más bien se han multiplicado.

5. *Mi maestra dice que sólo los católicos se oponen al aborto. ¿Es eso verdad?*

No, cualquier persona que lee las noticias y ve la televisión sabe que eso no es verdad. La mayoría de los teólogos protestantes se han opuesto al aborto, incluso antes de que empezáramos a ver alguna acción pública en su contra de parte de grupos cristianos. Sus nombres tal vez no sean familiares para ti: Calvino, Ramsey, Barth, Thielecke, Bonhoeffer y muchos otros. Todos ellos eran protestantes.

6. *¿Tiene el bebé alma desde el momento en que es concebido?*

El Salmo 139.13-16 usa la palabra embrión (feto) para indicar que así es. Algunos dicen que el feto no tiene alma sino hasta que es capaz de vivir fuera de la madre, y hacen referencia a Éxodo 21.22, 23. Sin embargo, hay mucho desacuerdo en cuanto a si este pasaje se refiere al aborto o al nacimiento prematuro de un niño y el texto no se menciona muy a menudo.

Aunque el Salmo 139 es el único pasaje donde se usa la palabra «embrión», hay muchas otras referencias que indican la preocupación de Dios por el niño que aún no ha nacido.

«Tus manos me hicieron y me formaron» (Salmo 119.73).

> «Porque tú formaste mis entrañas;
> Tú me hiciste en el vientre de mi madre.
> Te alabaré; porque formidables,
> maravillosas son tus obras;
> Estoy maravillado,
> Y mi alma lo sabe muy bien.
> No fue encubierto de ti mi cuerpo,
> Bien que en oculto fui formado,
> Y entretejido en lo más profundo de la tierra.
> Mi embrión vieron tus ojos,
> Y en tu libro estaban escritas todas aquellas cosas
> Que luego fueron formadas,
> Sin faltar una de ellas.
> ¡Cuán preciosos me son, oh Dios, tus pensamientos!
> ¡Cuán grande es la suma de ellos!»
>
> *(Salmo 139.13-17).*

«El que en el vientre me hizo a mí, ¿no lo hizo a él?
¿Y no nos dispuso uno mismo en la matriz?»
(Job 31.15)

«Me vestiste de piel y carne,
Y me tejiste con huesos y nervios.
Vida y misericordia me concediste,
Y tu cuidado guardó mi espíritu»
(Job 10.11-12)

Todo el potencial de la persona, su sexo, su apariencia, el color de su pelo o de sus ojos, su estatura, su aspecto físico, su capacidad para aprender inteligentemente, talentos especiales y características de su personalidad, están presentes en el feto. ¿Podemos, por lo tanto, creer que Dios dejaría fuera la cosa más importante de todas: el alma? ¿Cómo puede ser correcto que destruyamos todo esto?

Además, aunque es verdad que el feto mide solamente alrededor de un centímetro de largo cuando tiene un mes, su oído interno y la estructura de sus ojos ya está formada, su corazón late, su cerebro está creciendo y están presentes su sistema circulatorio, su hígado y sus riñones. ¿Cómo podemos referirnos a tan complejo conjunto como un mero conglomerado de tejido? Es todavía demasiado inmaduro como para vivir fuera de la madre, pero, ¿significa eso que no tiene vida?

Algunos investigadores médicos también creen que se acerca el momento en que los bebés podrán ser mantenidos vivos fuera de la madre en una etapa mucho más temprana de su desarrollo. Cuando esto ocurra, indudablemente cambiarán muchas leyes, así como las opiniones y creencias de las personas, con respecto a si el feto es o no es una persona.

7. *Hay una muchacha en la escuela que tuvo un aborto. Después ella se mostró como que no le había importado e incluso se jactaba de lo que había hecho. Pero un día empezó a conversar conmigo y se descontroló y se echó a llorar y a llorar.*

Puedo entenderlo. Muchas muchachas y mujeres atraviesan severos conflictos emocionales después de tener un aborto. Se sienten tristes y culpables y se detestan a sí mismas. Dios está siempre listo para perdonarnos cuando nos acercamos a Él confesando nuestros pecados (1 Juan 1.9), pero muchas que han atravesado algo tan emocional como el aborto, tienen problemas en recibir el perdón de Dios.

Es incluso más serio cuando la muchacha puede racionalizar el asunto y convencerse de que «no fue nada». Puede llegar a estar tan sorda a la voz del Espíritu Santo que ya no puede oírle ni siquiera en otras ocasiones.

Si le hemos dado nuestros corazones y vidas a Jesús, le pertenecemos. Si le pertenecemos, entonces se sobreentiende que le escucharemos y le obedeceremos. Otros pueden hacerlo en forma diferente, pero nosotros no podemos responder por ellos. Podemos y debemos responder por nosotros mismos, y nuestra respuesta final es delante de Dios. Esto es un pensamiento que obliga a pensar en serio, ¿verdad?

Como resultado del aborto, además del sufrimiento emocional, algunas mujeres sufren físicamente. La próxima vez que quedan encinta corren mayores riesgos de un mal parto o un nacimiento prematuro y esto ocuurre más si la madre es una adolescente.

Necesitamos ofrecer todo el amor, respaldo y ayuda que podemos a quienes sufren por haber tenido un aborto. Jesús se interesa por ellas. Quiere restaurarlas. Quiere ayudarles, darles paz y consuelo.

8. *Una de las muchachas en la escuela no abortó. Tuvo su bebé y los padres de la muchacha están criándolo. ¿Piensa usted que esto es una buena idea?*

Si, es una alternativa contra el aborto. Sé de un caso que ha salido muy bien. Todavía está por verse cuál será el resultado en los años futuros.

9. *Mi abuela dice que si una muchacha queda encinta debe casarse con el muchacho que la dejó encinta. ¿Qué piensa usted en cuanto a esto?*

Años atrás cuando una muchacha quedaba encinta, sus padres usualmente insistían en que debía casarse con el muchacho que la dejó embarazada. Esta no es necesariamente una decisión sabia. Algunas veces la joven queda encinta por haber tenido una relación sexual con un muchacho a quien no conoce bien y a quien no quiere. ¿Debería obligársele a que se case con él? Creo que el matrimonio, en estas circunstancias, no será feliz, ni siquiera durará mucho.

Las ideas de los jóvenes cambian mucho entre la adolescencia y los treinta años. Una muchacha puede sentirse atraída por cierto tipo de jóvenes cuando está en su adolescencia, pero cuando tenga veinte o más años se preguntará qué veía en ellos. Los matrimonios entre adolescentes son muy riesgosos. La mayoría de los adolescentes no han madurado lo suficiente como para casarse.

10. *Una muchacha en la escuela tiene dieciséis años y dice que va a tener su bebé. ¿Cómo puede ser capaz de hacerlo?*

Por lo general la muchacha que toma esta decisión necesita mucha ayuda para poder hacerlo. Algunas veces su familia la apoya. Con frecuencia esto resulta bien, pero algunas veces no. Martha Zimmerman, en su libro *Should I Keep My Baby?* [¿Debo tener a mi bebé?][1] incluye veintitrés preguntas que la joven debe hacerse antes de decidir conservar su bebé. Algunas de estas preguntas son:

- ¿Alguna vez he cuidado a un bebé por veinticuatro horas? ¿Un fin de semana? ¿Una semana?
- ¿Cómo actúo cuando estoy furiosa o enojada?
- ¿Me llevo bien con mis padres?
- ¿Cambiará el niño mis planes educativos ahora mismo?
- ¿Puedo sostener financieramente al bebé?
- ¿Estoy dispuesta a ceder mi libertad para hacer lo que quiero cuando quiero?
- ¿Estoy dispuesta a dar los próximos dieciocho ó más años de mi vida a amar y ser responsable por mi hijo y a

---

[1] Martha Zimmerman, *Should I Keep My Baby?* [¿Debo tener a mi bebé?], Bethany House Publishers, Minneapolis, 1983, pp. 44-45.

priorizar la preocupación por su interés por sobre el mío propio?

11. *Hablábamos sobre esto la otra noche, y mi mamá dijo que pensaba que dar el bebé en adopción era la mejor solución. ¿Piensa usted que los niños adoptados son felices?*

Estás haciendo casi dos preguntas a la vez. Tratemos de responder a la última primero, formulando otra pregunta: ¿Piensas que los niños nacidos de forma natural en una familia son felices? Algunos niños adoptados son muy felices, algunos lo son medianamente felices, otros son infelices, exactamente como los demás niños. Muchos factores juegan su parte en el hecho de que sean o no felices. La adopción es sólo uno de los factores.

Ahora, en cuanto a tu pregunta acerca de si dar al bebé en adopción es o no es una buena solución para la madre soltera: Ofrecer un bebé en adopción puede ser un acto de amor despojado de egoísmo hacia el niño o niña y hacia los padres que los adopten. Muchas parejas casadas incapaces de procrear, se alegran enormemente de poder tener un bebé y de proveer muy bien en todas las formas para la criatura. Pero antes de darles un niño o niña, se les entrevista y examina con mucho cuidado. Sus edades, sus personalidades, su capacidad de expresar amor, su situación financiera, salud, fe religiosa, todo esto se considera detenidamente. Se investiga cuidadosamente a los nuevos padres para los niños adoptivos, para asegurar, tanto como sea posible, la felicidad del pequeño.

La adopción puede arreglarse mediante una agencia o de forma privada. Las leyes estatales regulan los procedimientos.

12. *¿Acaso no es duro para la muchacha entregar a su bebé?*

Sin duda alguna, la mayoría de las muchachas se sienten tristes y experimentan un sentido de pérdida. Unas pocas se preguntan después si habrán tomado la decisión correcta. Algunas mujeres de más edad que tuvieron un hijo en su adolescencia y lo dieron en adopción, confiesan que con frecuencia se preguntan qué será de su bebé. Piensan en el hijo o hija sobre todo en los cumpleaños o en el Día de las Madres. Dicen que tal vez el hijo o hija estará furioso contra ellas por lo que hicieron. Entregar una pequeña vida que has llevado contigo durante nueve meses jamás es fácil.

Definitivamente, lo mejor es no estar en la posición de preguntarse qué hacer con un embarazo, ¿verdad? Para unas pocas mujeres esto tal vez no sea posible. Estas mujeres necesitan toda la ayuda que podamos darles, en cualquier forma. Pero la mayoría de los adolescentes pueden prevenir esto simplemente al decir que no.

13. *Una mujer de nuestra calle fue violada cuando caminaba por el parque una noche. Ahora está encinta. ¿Acaso no es correcto que tenga un aborto?*

Como cristianos siempre debemos trabajar por curar y preservar la vida humana. Creemos que las personas tienen el derecho de vivir y ese derecho debe estar primero que la comodidad y la conveniencia de otros. En otras palabras, es malo e incorrecto quitar la vida simplemente porque las personas quieran llevar una vida más fácil.

Algunos creen que hay ciertas circunstancias en las que pudiera considerar permisible el aborto. Por ejemplo, si al feto le falta el cerebro, o es demasiado pequeño como para permitirle vivir y funcionar como una persona, consideran que es inhumano esperar que la madre cuide de esa vida. En una entrevista en 1985, el evangelista Billy Graham sugirió que los embarazos que resultan de incesto y violación también pudieran interrumpirse mediante abortos. Con posterioridad admitió, sin embargo, que ha vuelto a pensar en el asunto después de enterarse que la finada Ethel Waters, una famosa cantante evangélica, nació en una situación de este tipo.

El médico Thomas Elkins, obstetra y ginecólogo del Centro Médico de la Universidad de Tennessee, cristiano y padre de un niño con síndrome de Down, afirmó en una entrevista publicada en la revista *Christianity Today*: «Yo no podría efectuar un aborto, a menos que pensara que la vida de la madre corre el peligro de extinguirse... La gente me pregunta en cuanto a la violación y al incesto. Tengo problemas en torno a esto. ¿Se va a perder la vida funcional de una madre al dar a luz a un niño que ha resultado del estupro o el incesto? Pero, forzar a una madre a llevar un feto sin cerebro es casi inhumano».

Lewis B. Smedes, profesor de teología y ética en el Seminario Teológico Fuller, dijo en el mismo número de la revista: «Creo que en la toma de nuestra decisión debemos tener pasión por la vida, pero compasión por los vivos. Hay necesidad de trazar pautas, pero la vida no nos permite trazar pautas permanentes para cada situación. Debemos permitir el ejercicio de lo que San Pablo llama «el conocimiento y sabiduría espiritual», en esos casos en donde deben tomarse decisiones tristes y trágicas».[2]

La madre Teresa de la India ha sido una de las más sinceras defensoras del derecho de un niño a vivir. Cuando aceptó el Premio Nobel en 1979, dijo: «Para mí las naciones que han legalizado el aborto son las naciones más pobres. Tienen miedo del niño aún sin nacer, y entonces, el niño debe morir». Más tarde, hablando a algunas mujeres en Nueva Delhi, dijo: «Si una madre puede destruir a su hijo, entonces, ¿cómo puede la gente evitar matarse unos a otros?... En todo el sufrimiento que veo me pregunto a mí misma por qué. La respuesta es que estamos destruyendo al niño. La vida que Dios ha creado, nosotros la matamos... Hemos sido creados en amor. Les suplico que usemos ese poder».

Un poco más tarde, hablando en la Universidad de Marquette, dijo: «Y ahora, nadie es menos querido, nadie es menos amado que el bebito por nacer. Y sin embargo, sabemos que fue un bebé, aún sin nacer, el que reconoció la presencia de Cristo cuando María visitó a Elisabet. El pequeño en el vientre de Elisabet saltó con gozo a la presencia de Cristo. Y ahora, unámonos para orar que en esta hermosa nación, nos aseguraremos que queremos al niño... y que no permitiremos que ni

---

[2] *Christianity Today,* 18 de enero de 1985.

un solo niño, ni siquiera uno aún sin nacer, se sienta como que no lo queremos, que no lo amamos, que no nos preocupamos por él. Para mí, el practicar el aborto es la pobreza más grande que una nación pueda tener o experimentar».

Al referirse al aborto en los Estados Unidos, expresó: «Si ustedes no quieren a ese pequeño, a esa criatura que todavía no ha nacido, démenlo a mí. Yo lo quiero».

Debe recalcarse, en relación con los embarazos que resultan de violación, como anotó Mary Schott Ward, coordinadora del Comité sobre Violación de la Organización Nacional de Mujeres, que el embarazo resultado de violación es raro. En un estudio en Buffalo, Nueva York, no ha habido ni un solo caso de embarazo debido a violación en más de treinta años. En un período de diez años en el área metropolitana de Minneapolis/St. Paul, hubo más de tres mil quinientos casos de violaciones que se registraron y cero embarazos como resultado.

¿Cómo puede ser esto? Estudios han demostrado que los violadores con frecuencia son estériles, o se han practicado vasectomías, de modo que no pueden dejar embarazada a su víctima. Sucede que muchas mujeres, sobre todo la mayoría de las casadas, también han estado usando algún método anticonceptivo cuando ocurre la violación. Asimismo, las posibilidades de que esto pase al momento de la ovulación son mínimas. Y, misteriosamente, parece que el «shock» que experimenta la mujer, al ser violada, en realidad evita su ovulación la cual sí ocurriría en circunstancias normales.

También debe indicarse que si la víctima de violación busca atención médica dentro de pocas horas del estupro, con frecuencia se puede evitar el embarazo.

Esta pregunta también tiene que ser hecha: Abortar, ¿añadirá más a la aflicción mental y emocional de la mujer violada? La mujer ultrajada necesita toda la ayuda afectiva que podamos darle. Como cristianos podemos testificar de que hemos visto a Dios tomar trágicos hechos y convertirlos en algo hermoso. Su poder para redimir es ilimitado.

¿Alguna vez hemos sometido a prueba Su total capacidad para curar nuestras heridas y cambiar nuestras emociones, de dolorosas a experiencias de paz y confianza? Él está listo para capacitarnos a perdonar siempre y cuando sea necesario, a amar y a cuidar la vida inocente que pudiera haber sido concebida en nosotros contra nuestra voluntad. Dios también puede darnos el valor y la fe para responder a un desafío demasiado grande como para enfrentarlo sólo con nuestras propias fuerzas. Dios es fiel en sus promesas y nunca nos fallará. Quiero repetirlo: Al enfrentar problemas difíciles nunca debemos limitarnos a nuestros pobres recursos humanos, sino que en lugar de eso, debemos concentrarnos en Jesús, nuestro Redentor, y en el Espíritu Santo, quien nos da poder.

14. *Mi madre dice que desde que los adolescentes tienen fácil acceso a los anticonceptivos, y desde la legalización del aborto, el número de los adolescentes que quedan encinta se ha incrementado grandemente. ¿Es esto en realidad así?*

Algunos aducen que si los anticonceptivos fueran fácilmente accesibles habrían menos embarazos. Sin embargo, las encuestas la contradicen. Por el contrario, más y más adolescentes han llegado a ser sexualmente activos. Muchos opinan que esto se debe a que se ha llevado a los muchachos a creer que casi no hay riesgo de embarazo si usan anticonceptivos. Estos, no obstante, no son ciento por ciento eficaces. Las encuestas muestran que quienes lo usan con regularidad resultan ser el catorce por ciento de todos los embarazos en adolescentes sin casarse, y más de un sexto de todos los embarazos que no reciben ninguna atención médica. Casi un tercio (31.5 %) de todos los que no reciben ninguna atención en el área metropolitana, en 1979, ocurrieron aun cuando se usó algún método anticonceptivo. Casi la mitad de ellos fueron de jóvenes que habían usado anticonceptivos en algún momento.

En un estudio que los profesores John F. Kantner y Melvin Zelnik de la Universidad de John Hopkins hicieron de la actividad sexual de los adolescentes en los Estados Unidos, en 1979, se demostró que durante los primeros ocho años del programa de planeamiento familiar, llamado Título X, el porcentaje de adolescentes que tuvieron un embarazo premarital, subió casi al doble.

Me pregunto cuáles serán tus observaciones al hablar con tus compañeros y amigos en la escuela. ¿Piensas que habría tantos participando en relaciones sexuales premaritales, si no hubiera anticonceptivos disponibles o si el aborto no fuera una opción?

15. *Una de mis profesoras comentó que los Estados Unidos han avanzado muy lentamente para ofrecer ayuda a los adolescentes que quieren información y ayuda con su vida sexual. Dijo que en Inglaterra esta ayuda se ofrece desde hace 25 años. ¿Es cierto eso?*

En la década de 1960 Inglaterra adoptó una política liberal anticonceptiva para los adolescentes. Sin embargo, en su discurso ante la Convención sobre la Vida Humana, en Seattle, la Dr. Margaret White destacó que Inglaterra experimentó un agudo incremento en enfermedades venéreas, adolescentes encinta y abortos como resultado de esa política. Dio dos razones para eso: la aprobación implícita de parte de la sociedad a que los jóvenes tuvieran relaciones sexuales premaritales y su irresponsabilidad al no usar anticonceptivos de una manera regular y disciplinada.

16. *Pienso que educar a los muchachos y muchachas en cuanto a los anticonceptivos es una buena cosa. Evita embarazos, y ¿no es eso lo que queremos hacer? Si las muchachas no quedan encinta, no tienen que preocuparse con el problema del aborto.*

En primer lugar, asegurémonos de que educar acerca de los anticonceptivos evita los embarazos, ¿de acuerdo? De los resultados de estudios realizados, los Drs. Michael Zwartz y James H. Ford declararon que los programas de control de natalidad no han reducido el número de adolescentes encinta. En lugar de eso, insisten, los programas han hecho que el problema crezca al punto de convertirse en una seria crisis social.

Creen que esto ha ocurrido debido a que los jóvenes se han visto estimulados a usar técnicas de control de la natalidad. Además, se les ha dado la promesa de respaldo si los anticonceptivos fallan y resulta un embarazo, la muchacha siempre puede abortar.

También, con clínicas ofreciendo prestamente ayuda confidencial a los adolescentes, y enfatizando que la juventud no necesita sentir culpa debido a sus acciones, más y más adolescentes corren el riesgo, al tener relaciones sexuales con frecuencia.[3]

17. *Pero, no puedo entender por qué deba ser este el caso.*

En primer lugar, ha ocurrido un cambio súbito y drástico en las actitudes acerca de la actividad sexual fuera del matrimonio. Los medios de comunicación masiva indudablemente han contribuido mucho a ello.

Segundo, hace años el temor de quedar en estado solía ser la principal razón por la cual los jóvenes se abstenían. Ahora las clínicas de control de la natalidad ofrecen asesoramiento confidencial a los jóvenes en cuanto a cómo usar los anticonceptivos.

Pero los muchachos y muchachas no los usan con cuidado. También se arriesgan, pensando sobre todo que no les ocurrirá a ellas, que no quedarán encinta. Y si llegara asuceder, siempre hay una salida. Es más o menos lo mismo que el que fuma, pensando que otros pueden enfermarse de cáncer, pero no él. O como la que conduce sin abrocharse el cinturón de seguridad, y cree que otros tal vez queden heridos en caso de accidente, pero no ella. O como la que empieza a beber licor tal vez sólo una cerveza , creyendo que otros pueden convertirse en alcohólicos, pero no ella.

Poner los anticonceptivos y el aborto al alcance fácil, estimula que se corran riesgos y el arriesgarse conduce a embarazos no previstos.

---

[3] *Linacre Quarterly*, mayo de 1982.

18. *Mi papá dice que no debemos abstenernos de tener relaciones sexuales sólo por temor a un embarazo. Dice que la ley de Dios prohíbe las relaciones sexuales fuera del matrimonio y que eso debería ser suficiente. Pienso que eso es legalismo.*

Estoy de acuerdo con tu papá que como cristianos no debemos de abstenernos de hacer algo sólo porque pudieran pescarnos haciéndolo. Tampoco debemos arriesgarnos y hacer cosas prohibidas debido a que conocemos una salida si nos pescan. Estoy de acuerdo también que los cristianos por cierto deben respetar las leyes de Dios y sus mandamientos. Pero me pregunto si una de las razones por las cuales damos tan poca atención a la ley de Dios es porque la comprendemos mal. Pensamos que la ley es como un mazo que está sobre nuestras cabezas. No la miramos como una mano extendida en amor hacia nosotros.

El apóstol Pablo veía a la ley como una expresión de amor: «El cumplimiento de la ley es el amor» (Romanos 13.10). Debido a que no vemos los mandamientos como pautas de amor, cuya intención es colmarnos de bendiciones, no los hemos visto desde un punto de vista positivo. No comprendemos que ellos no sólo nos dicen lo que no debemos hacer, sino que también nos muestran cómo hacer algunas cosas.

Martín Lutero comprendió esta función positiva de los Diez Mandamientos. Cuando los jóvenes a quienes enseñaba le preguntaron lo que significaba el sexto mandamiento: «No cometerás adulterio», su respuesta fue: «Debemos temer y amar a Dios de tal manera que llevemos una vida casta y pura en palabra y en obra, y que el esposo y la esposa se amen y se honren mutuamente». ¡Eso es positivo!

Lutero vio el mandamiento en contra del adulterio como un regalo de amor de Dios para nosotros. Si observamos este mandamiento en una manera positiva, disfrutaremos de una vida pura y saludable, libre de enfermedades venéreas. Seremos libres de las dudas que nos acosan y de la culpa derivada de las relaciones sexuales premaritales y extramaritales. Cuando nos casemos, finalmente, sabremos cómo amarnos y honrarnos el uno al otro si seguimos este mandamiento de amor. El cumplimiento de la ley, la obediencia a los mandamientos de Dios, se tornan actos de amor, amor a Dios, hacia otros y hacia nosotros mismos.

19. *¿No hay otros libros que pudiera leer sobre qué hacer si alguien queda encinta? También me gustaría leer más acerca del aborto.*

Puedo sugerir dos libros. El primero es *Should I Keep My Baby?* [¿Debo conservar mi bebé?] de Martha Zimmerman.[4] Este libro trata en detalle el embarazo de la madre soltera y las opciones que tiene en su futuro.

El segundo libro *Who Broke the Baby?* [¿Quién destrozó al bebé?],[5] es de Jean Staker Garton. Es su propia historia, en realidad. Ella solía luchar por el fácil acceso para el aborto, pero, a medida que continuaba investigando la cuestión para reunir respaldo para su teoría, experimentó un cambio completo de opinión. «Pasé muchos meses de estudio e investigación examinando la cuestión desde varias disciplinas y perspectivas», escribe la Dra. Garton. «Leí sobre la ley, la medicina y la historia. Estudié las Escrituras y los escritos de los padres de la iglesia. Trabajé ardua y largamente para descubrir evidencia que respaldara mi teoría (del derecho de una madre a escoger abortar). Pero no encontré ninguna».[6]

---

[4] Bethany House Publishers, 1983.

[5] Bethany House Publishers, 1979.

[6] Jean Staker Garton, *Who Broke the Baby?* [¿Quién destrozó al bebé?], Bethany House Publishers, Minneapolis, 1979, p. 9.

Diálogo sobre el aborto

(El recurso para este ejercicio es el libro *Who Broke the Baby?* [¿Quién destrozó al bebé?], de Jean Staker Garton. En paréntesis se indican las páginas de su libro que tratan de los temas que se presentan en este ejercicio.)

1. Hay hoteles en donde no existe el piso Nº 13. ¿Estás de acuerdo o en desacuerdo? (p. 14).
2. «El aborto es la primera violencia que una criatura puede experimentar de manos de un adulto». ¿De acuerdo o en desacuerdo? (p. 31).
3. Las madres deben tener el derecho de escoger abortar un bebé, pero los padres no. ¿De acuerdo o en desacuerdo? (p. 48).
4. Los padres de una hija menor de edad deben tener el derecho de intervenir en la decisión de su hija de abortar. ¿De acuerdo o en desacuerdo?
5. «En las decisiones *Roe contra Wade* y *Doe contra Bolton* de 1973, la Corte Suprema de los Estados Unidos proveyó de ejemplos que deberían guiar a la mujer para concluir que un hijo no fue planeado, y, por consiguiente, "abortable": si la criatura pudiera "obligar a la mujer a una vida o futuro desdichado", si ella pudiera "ser incomodada por el cuidado de la criatura", si experimentara "bochorno como resultado de no estar casada", o si el nacimiento "la privaría de su estilo de vida preferido"». Con tales criterios, ¿hubiera Dios nuestro Padre celestial considerado desconocernos o abandonarnos a todos nosotros? (p. 33).
6. ¿Qué te sugieren las siguientes frases, y por qué piensas que quienes están a favor del aborto las usan: terminación del embarazo; bulto; masa de tejido; embrión; contenido uterino; materia de nacimiento; productos de la concepción? ¿Por qué piensas que usan estos términos, en lugar de «persona» o «bebé»? (p. 37).
7. ¿Qué piensas del siguiente razonamiento: «No esclavizaría a ningún negro, pero apoyo el derecho de otros de escoger

hacerlo»? Compara esa declaración con: «Yo no me haría un aborto, pero les concedo a otras el derecho de hacerlo si lo prefieren» (pp. 44,45).

8. ¿Qué entiendes por las frases: «abstinencia sexual»; «inhibición neurótica»; «represión malsana»; «tratamiento curativo»? ¿Qué se pretende esconder tras estas frases? (pp. 87,88).
9. Imaginémonos que estás casada y que tú y tu esposo quieren empezar una familia. Si pudieras escoger, ¿tendrías un hijo o una hija? ¿Qué es lo que elige la mayoría de las personas? Como resultado, ¿qué está ocurriendo? (p. 89).
10. ¿Por qué la frase «Toda mujer tiene el derecho de controlar su propio cuerpo» tampoco le da a la mujer el derecho de abortar? (p. 20ss).

Dialoguemos sobre el uso de anticonceptivos

Conversa con tus padres sobre estas preguntas:

1. Si una pareja casada ha tenido relaciones sexuales con regularidad, y si la mujer tenía 20 años cuando se casó, y experimenta la menopausia (la cesación de sus períodos menstruales) cuando tiene cuarenta y seis años, ¿cuántos hijos hubiera podido dar a luz durante el curso de su vida de casada?
2. ¿Por qué esto no sería deseable?
3. ¿Qué factores afectan la decisión de las parejas en cuanto al número de hijos que quisieran tener?
4. ¿A qué clase de personas piensas tú que debería animárseles a que tengan más de uno o dos hijos?
5. ¿Qué alternativas hay para aumentar el tamaño de la familia de uno, aparte de dar a luz a los propios hijos?

10 ❖ «LA PELIGROSA HERIDA DE CUPIDO»

Cuando hablamos de las razones para no tener relaciones sexuales fuera del matrimonio, la consideración más importante, por supuesto, es que Dios lo ha prohibido. Pero a algunos rebeldes les tiene sin cuidado lo que Dios tenga que decir al respecto. Tal vez lo pensarían una segunda o tercera vez, sin embargo, si se dieran cuenta de los peligros para su salud que significa la práctica de tener relaciones íntimas libremente.

Las enfermedades que se contraen mediante las relaciones sexuales son cada vez más frecuentes. Una de ellas, herpes, es imposible de curar. Todos necesitamos saber algo en cuanto a estas afecciones, cómo se las contrae, lo que hacen al cuerpo, y cuál es su cura, si la hay.

De eso hablaremos a continuación.

Preguntas que hacen los jóvenes

1. *¿Pica o da comezón un sarpullido de enfermedad venérea?*

El sarpullido de la sífilis ni pica ni da comezón. La gonorrea produce una severa sensación de ardor en la punta del pene, el cual puede hincharse e inflamarse. La mayoría de las mujeres infectadas, el ochenta y cinco por ciento para ser exactos, no muestran ninguna señal notoria de tener gonorrea, lo cual la hace muy peligrosa.

2. *¿Puedes pescar una EV (enfermedad venérea) incluso después de estar casado?*

Si tu cónyuge está infectado, sí. O si tienes relaciones sexuales con alguien que tiene la enfermedad, sí.

3. *¿Puedes contraer una EV (enfermedad venérea) por medio del sexo oral?*
Sí, si la otra persona está infectada.

4. *¿Que significan las iniciales ETS?*
«Enfermedades trasmitidas sexualmente»

5. *¿Es verdad que el besuqueo puede producir enfermedades de la piel?*
Algunas enfermedades venéreas pueden contraerse al besar a una persona que tiene una llaga en los labios o en la boca. En la sífilis una erupción brota en el cuerpo en su segunda etapa. Algunas veces la erupción es profusa, otras es tan leve que casi ni se la nota.

6. *Leí que hay algo llamado clamidia, ¿Qué es eso?*
Clamidia es la enfermedad trasmitida sexualmente de incidencia creciente muy rápida (de tres a cuatro millones de nuevos casos cada año). Puede causar una enfermedad inflamatoria de la pelvis, lo cual puede llenar de cicatrices las trompas de Falopio, aumentando el riesgo de un embarazo ectópico, que puede ocasionar a la mujer la imposibilidad de tener hijos. La clamidia ya es una causa muy significativa de la infertilidad en las mujeres.

7. *¿Son las EV (enfermedades venéreas) tan ampliamente extendidas como se aduce, o la gente solamente lo dice así para asustar a los muchachos?*
Las herpes genitales provocaron 300.000 nuevas víctimas en 1984, sólo en los Estados Unidos. El chancro aflige anualmente a un millón de nuevas víctimas. El SIDA ha duplicado su incidencia. Los epidemiólogos (expertos en epidemias) estiman que todos los días ocurren alrededor de 27.000 nuevos casos de enfermedades trasmitidas sexualmente, y con el paso del tiempo, si la tendencia presente continúa, el veinticinco por ciento de todos los norteamericanos entre los quince a cincuenta y cinco años de edad quedarán infectados. No sólo las cifras son alarmantes, sino también el hecho es que muchas de las

veinticinco enfermedades trasmitidas sexualmente que se conocen, no tienen cura y duran toda la vida.

Los efectos de algunas de estas enfermedades no sólo duran por toda la vida, sino que pueden ser trasmitidos, con consecuencias mortales, a los hijos de las víctimas. Por ejemplo, una madre que tiene herpes genital activo puede infectar a su bebé durante el proceso del nacimiento. Más de la mitad de los bebés así infectados mueren. Los que sobreviven, con toda probabilidad sufrirán daño cerebral permanente. Algunos médicos tratan de hacer una operación cesárea para salvar a los bebés, pero en muchos casos no se detecta que la madre esté infectada.

La clamidia y el chancro también pueden ser trasmitidos por las madres a sus hijos. Han habido casos en que los infantes han sido contagiados con SIDA por sus madres.

La epidemia es tan costosa en dinero, como en vidas. Las cuentas médicas por el tratamiento de enfermedades trasmitidas sexualmente sobrepasa ya los dos mil millones de dólares al año.

8. *¿Son las EV y las ETS contagiosas sólo mediante el coito?*

Las enfermedades venéreas se extienden más comúnmente mediante el coito con una persona infectada, pero también se las puede contraer mediante el beso, y en raras ocasiones por medio de una toalla húmeda e infectada. Se han reportado casos de ETS trasmitidos mediante una transfusión sanguínea.

9. *¿Se pueden conseguir medicinas sin receta para combatir las EV?*

No. Las drogas que se usan son antibióticos y deben ser recetados por un médico. Si tienes alguna duda de si estás infectado o no, acude a ver a un médico *enseguida.* No te demores. Muchas formas de EV pueden curarse si se las trata a tiempo.

10. *¿Puede una persona contraer una EV si no hay eyaculación de semen?*

Sí. El contacto con las partes genitales de una persona infectada es suficiente para contagiarse.

11. *Alguien ha dicho que los muchachos que piensan que no valen mucho son más aptos para contraer una EV. ¿Es esto así?*

Los estudios han demostrado que en muchos casos, quienes contraen una EV se consideran a sí mismos de poca valía. Pensando que no son atractivos, o que son víctimas de las circunstancias sobre las cuales no tienen control, se deprimen. De modo que tratan de hallar amor y alivio en cualquier clase de relación sexual disponible. Los medios de comunicación masiva en los Estados Unidos han igualado la relación sexual con el amor, de modo que en su búsqueda de cariño y aceptación, estos jóvenes erróneamente se vuelven a las relaciones sexuales.

12. *¿Qué es la prueba de Wasserman?*

La prueba de Wasserman se usa para identificar a la sífilis.

Enfermedades que se contraen al tener relaciones sexuales

Las enfermedades trasmitidas sexualmente, o enfermedades venéreas, son muy comunes y muy peligrosas. También son muy contagiosas, de modo que debes saber algo al respecto. Prueba tus conocimientos marcando *verdadero* o *falso* en las oraciones que siguen. Las respuestas se dan en la siguiente página.

1. ______ Más y más muchachas y mujeres contraen infecciones genitales debido a la práctica libre de relaciones sexuales.
2. ______ En por lo menos el quince por ciento de los casos, el tejido cicatrizado en los órganos genitales de la mujer que les impide tener hijos, es el resultado de haber tenido gonorrea alguna vez.
3. ______ Enfermedades tales como la gonorrea y la sífilis pueden contraerse por el sexo oral.
4. ______ La infección de piojos púbicos se debe al contacto sexual con alguien que los tiene.
5. ______ La gonorrea o «el goteo», como algunos lo llaman, puede causar artritis e invalidez.
6. ______ Un hombre o un muchacho no tienen manera de saber que han contraído gonorrea.
7. ______ Usualmente la mujer no tiene manera de saber que ha contraído gonorrea.
8. ______ Sólo los hombres pueden trasmitir la gonorrea.
9. ______ Sí, es posible curar la gonorrea.
10. ______ La gonorrea puede causar la esterilidad en el hombre.
11. ______ La sífilis puede matar.
12. ______ Una madre que padece de sífilis puede pasarla a su bebé antes de que éste nazca.
13. ______ Es fácil saber cuándo uno ha contraído sífilis.
14. ______ Si el cabello empieza a caerse en parches, la persona debe ir a consultar con el médico.
15. ______ La sífilis usualmente desaparece del cuerpo de la persona.

16. _____ Se pueden contraer enfermedades venéreas al besar.

17. _____ Se pueden contraer enfermedades venéreas por medio del asiento del inodoro.

18. _____ Si un muchacho o muchacha que no conoces bien, te presiona para que tengas relaciones sexuales con él o ella, ten cuidado. Existe la posibilidad de que pueda tener una enfermedad venérea o que la haya tenido alguna vez.

19. _____ Los herpes genitales se contraen al tener relaciones sexuales con alguien que los padece.

20. _____ No hay cura para los herpes.

21. _____ Las mujeres encinta pueden trasmitir herpes a sus bebés antes de que nazcan.

22. _____ Las enfermedades venéreas pueden trasmitirse por el sexo oral.

Respuestas a Enfermedades que se contraen al tener relaciones sexuales

1. *Verdadero.* Estas infecciones se conocen por lo general como enfermedades inflamatorias pélvicas. Hacen que crezca tejido de cicatrices en las trompas de Falopio, los ovarios y el útero. Más tarde, cuando una mujer se casa y quiere tener hijos, este tejido cicatrizado puede impedirle tener hijos.

2. *Verdadero.* En algunos casos el tejido cicatrizado es el resultado de otra enfermedad conocida como la uretritis o infección de clamidia. Muchas mujeres que tienen esta enfermedad no tienen síntomas, pero la trasmiten al sostener relaciones sexuales. Si un hombre tiene los síntomas, le será doloroso orinar, y puede haber una descarga lechosa y mucosa por su pene. Una mujer también puede sentir la urgencia de orinar con frecuencia y tener una sensación dolorosa y ardor al hacerlo. Cualquiera que tenga estos síntomas debe hacerse examinar por un médico.

Es posible tener una infección urinaria causada por alguna bacteria, sin ninguna relación con enfermedades sexuales. De modo que si tienen problemas al orinar, no temas decírselo a tus padres, simplemente porque pienses que te acusarán de haber sido promiscua, cuando no lo has sido. En todo caso, si tienes algún síntoma, hazte examinar por el médico.

3. *Verdadero.* (Ve la respuesta para la pregunta 22).

4. *Verdadero.* Los piojos púbicos son insectos que chupan la sangre y que usualmente aparecen en el vello púbico y en los vellos alrededor del ano. El lavado normal no los elimina, ni tampoco destruye los huevos depositados por la hembra. Pueden pasar varias semanas antes de descubrir que tienes piojos púbicos, debido a que les lleva tiempo reproducirse. El único síntoma puede ser una picazón, sobre todo de noche. Un médico puede darte una loción espumosa para matar los piojos y los huevos.

5. *Verdadero.* La gonorrea, si no se trata adecuadamente, puede causar artritis, invalidez y esterilidad.

6. *Falso.* Es muy fácil para un hombre saber cuándo tiene gonorrea, pero debe prestar atención a los primeros síntomas. Cuando orina, le arderá dolorosamente. También echará pus por su pene.

7. *Verdadero.* Es muy difícil para una mujer saber si ha contraído gonorrea. Por consiguiente, si un hombre o muchacho descubren que lo tienen, debe contactar a la muchacha o muchachas con las cuales ha tenido relaciones sexuales, de modo que ellas puedan hacerse examinar. Si la gonorrea de la mujer queda sin tratarse, puede hacerle daño a su cuerpo.

8. *Falso.* Las mujeres que tienen gonorrea la pueden trasmitir a los hombres mediante la relación sexual.

9. *Verdadero.* La penicilina y otros antibióticos son muy eficaces. Pero estos antibióticos no inmunizan.

10. *Verdadero.* Si no se la trata, la gonorrea ataca las articulaciones y los órganos sexuales. Cuando el cuerpo trata de reparar el daño, se forma tejido y cicatrices, lo cual puede bloquear la esperma en el hombre y el óvulo en la mujer, impidiendo que salgan.

11. *Verdadero.* La sífilis puede matar a la persona si no se la trata apropiadamente. Hace años morían miles a causa de la sífilis. Con los antibióticos disponibles ahora, nadie debe fallecer por padecerla.

12. *Verdadero.* Hay por lo menos un cuarto de millón de nuevos casos de sífilis cada año en los Estados Unidos. Una mujer encinta siempre debe ser examinada para comprobar que no tiene esta enfermedad.

13. *Falso.* La sífilis aparece primero como una llaga dura, indolora y húmeda en el pene del varón o muy adentro de la vagina de la mujer, en donde ella tal vez ni se dé cuenta de que la tiene. La llaga puede aparecer en cualquier tiempo, desde unos pocos días hasta un mes después de que la persona ha sido contagiada de la enfermedad debido a una relación sexual con alguien infectado. Si no se le presta atención a la llaga, o si no se da cuenta de que se tiene, la enfermedad se «oculta», y el daño será serio. La llaga se llama chancro duro, es roja y sólida,

y sobresale de la piel. Estas llagas también pueden aparecer en cualquier parte del cuerpo, con frecuencia en la boca o en el recto.

14. *Verdadero.* La caída del cabello en parches es uno de los síntomas de la sífilis. Otra es una erupción sin comezón en las palmas de las manos o en las plantas de los pies. La persona también puede tener irritación en la garganta, algo de fiebre y dolores musculares.

15. *Falso.* Los síntomas desaparecen, pero la enfermedad se oculta muy dentro del cuerpo y empieza a causar problemas masivos, incluso la muerte

16. *Verdadero.* Si uno ha tenido chancro o brotes sifilíticos en la boca, entonces la enfermedad puede ser trasmitida al «besar profundamente».

17. *Falso.* Las posibilidades de que se contraigan enfermedades venéreas por medio de los asientos de los inodoros es muy remota, debido a que los gérmenes pueden vivir sólo unos pocos minutos si no tienen la humedad apropiada y permanecen a la temperatura del cuerpo. Debido a esto, no pueden vivir mucho tiempo en las perillas de las puertas tampoco. Pero de todas maneras es sabio que las personas tomen precauciones con respecto a los asientos húmedos o mojados de los inodoros. (Además, ¿a quién le agrada sentarse en un inodoro cuyo asiento está mojado?)

18. *Verdadero.* Por lo general quienes han tenido relaciones sexuales con muchas personas tienen la enfermedad.

19. *Verdadero.* Con las herpes se desarrollan grupos de pústulas en una o varias áreas. Estas ampollas se revientan y se tornan úlceras o llagas cutáneas. Alrededor de seis días después del contacto con una persona infectada puedes sentir dolor, sensibilidad y una sensación de picazón cerca del pene o la vulva. También tal vez tengas algo de fiebre, dolor de cabeza o malestar general. Las pústulas aparecen a lo largo del pene del varón o en la vulva de la mujer, pero también pueden ocurrir en los muslos o en las nalgas. En la mujer, si las ampollas se forman dentro de la vagina, no tiene manera de saber que

han contraído la enfermedad y puede pasarla a otros sin darse cuenta.

Cuando las ampollas se revientan, forman llagas dolorosas de piel viva y expuesta, o ulceraciones. Después que se sanan, puede haber recurrencias en los meses o años posteriores. Un doctor puede prescribir ungüentos calmantes o baños tibios frecuentes para reducir el dolor, pero no puede hacer mucho más.

Además, si el herpe invade a una persona que tiene problemas con los riñones, los pulmones o enfermedades de la sangre, su condición se empeora.

20. *Verdadero.* Una droga llamada isoprinosina produce algunos resultados para aliviar los efectos de los herpes, pero no es una cura.

21. *Verdadero.* Si la paciente tiene un caso activo de herpes al momento del parto, puede pasarle la enfermedad a su bebé.

22. *Verdadero.* Las enfermedades venéreas pueden ser contraídas mediante el sexo oral. Los jóvenes que recurren al sexo oral porque quieren tener relaciones sexuales pero quieren evitar el riesgo del embarazo, deben saber que existe este peligro muy real.

Hechos espeluznantes, ¿verdad? ¿No te preguntas por qué alguien se atreverá siquiera a correr el riesgo de tener relaciones sexuales fuera del matrimonio?

¿A dónde puede acudir un joven o señorita en busca de ayuda, si piensa que tiene una de estas enfermedades y tiene miedo de decírselo a sus padres. En Estados Unidos puedes llamar a la Línea Especial Nacional para la EV (1-800-227-8922, o en el estado de California al 1-800-982-5883). O puedes consultar al médico de la familia o ir a una clínica de salud. Busca en la guía telefónica, bajo el nombre de la ciudad, condado, o estado, y luego bajo «Departamento de Salud».

Otro lugar a donde acudir es a tu iglesia. Allí debes poder encontrar comprensión, amor, disposición para escucharte, ayuda, y también la clase apropiada de amigos.

11 ❖ Preguntas y respuestas sobre asuntos escabrosos

Masturbación

1. *¿Qué significa masturbación?*

Masturbación es el nombre que se da a la acción de producir sensaciones sexuales placenteras al frotar las partes genitales entre sí, o por acariciar los pechos, los muslos o las partes genitales propias. Es una sensación similar a la sentida cuando se tienen relaciónes sexuales. Algunas veces el estímulo progresa hasta que se experimenta orgasmo.

Debido a que este es un tema que genera diferentes puntos de vista entre cristianos y que la Biblia no contiene ninguna declaración directa en pro o en contra del asunto, sin duda alguna querrás oír de tus padres o de tu pastor algunas ideas sobre el asunto, junto con los hechos mencionados en este capítulo.

2. *Estudiaba para un examen, me sentía inquieto porque había estado sentado por largo rato, de súbito empecé a sentir toda clase de sensaciones de excitación. Mientras más me movía, más excitación sentía, mi pene se puso erecto y finalmente salió semen, entonces me sentí aliviado y en paz, y sin embargo estaba abochornado. ¿Qué ocurrió? ¿Acaso esto no debería haber ocurrido?*

La experiencia que describes es una de las maneras en que algunas veces los muchachos se masturban sin darse cuenta de que lo estan haciendo. En los años de adolescencia ciertas áreas de tu cuerpo se tornan muy sensibles al tacto, pues despierta sensaciones sexuales. Incluso tan solo caminar o correr puede producirlas. Estas sensaciones son una experiencia muy normal y no tienen porqué avergonzarse.

3. *¿Me ocurrirán cosas extrañas si me masturbo?*

Todos los médicos están de acuerdo en que la masturbación no te causará ningún daño físico.

Muchos jóvenes se masturban. En ocasiones ésta parece ser casi una respuesta natural y espontánea a los poderosos deseos e impulsos sexuales que él o la joven sienten. Algunas veces es algo así como una exploración para descubrir cuáles partes del cuerpo causan excitación y sensaciones extrañas y agradables.

Pero debemos hacer una advertencia: Aun cuando la Biblia no menciona ninguna declaración directa en cuanto a la masturbación, ésta sí aborda la lujuria y los pensamientos impuros. Como el Dr. William Backus ha anotado: «Casi seguro, la razón por la cual los cristianos han advertido en contra de la masturbación es que por lo general la masturbación va acompañada de fantasías de actividad sexual. Si lo que pensamos como fantasías es incorrecto y pecaminoso, entonces la conducta es lujuriosa. Y Jesús prohíbe claramente la lujuria».[1] El Dr. Backus también opina que la masturbación puede dar forma a las respuestas sexuales, incluso las desviaciones sexuales.

Los órganos sexuales fueron diseñados para *dar,* para expresar amor al cónyuge. Por consiguiente, muchos cristianos creen que masturbarse es usar mal el don de Dios, usándolo para el propio placer de uno, y tal egoísmo, que defrauda al cónyuge, viola el modelo divino de sacrificio y de amor centrado en la otra persona.

---

1 William Backus, *Telling the Truth to Troubled People* [Diciéndole la verdad a personas en problemas], Bethany House Publishers, Minneapolis, 1985, p. 242.

4. *Mi enamorado sabe que yo no creo en las relaciones sexuales por ahora, pero él desea que yo acaricie sus muslos y su pene. No me siento bien haciéndolo, pero cuando se lo digo, él responde que en realidad no lo quiero, porque no estoy dispuesta a satisfacer sus necesidades. ¿Será incorrecto si hago lo que él me pide?*

Masturbar en el sentido de tocar las partes genitales de otra persona casi siempre llevará al coito. Es como tratar de conducir en la autopista sin haber aprendido nunca a conducir un automóvil y además, creer que no se causará un accidente.

Pero esta estimulación mutua es para las personas casadas. De modo que abstente de cualquier besuqueo más allá del cuello.

Y no permitas que tu amigo te intimide con amenazas. El verdadero amor nunca intimida ni amenaza. No tengas miedo de defender tus creencias. Al fin de cuentas la gente te respetará por esto.

5. *¿Se acarician a sí mismas las chicas o se masturban con similar frecuencia que los muchachos?*

No. Los muchachos se masturban más.

6. *¿Eres anormal si no te masturbas?*

Por supuesto que no. Muchos jóvenes, debido a que simplemente no se sienten inclinados a hacerlo, por sus convicciones morales y cristianas, no lo hacen conscientemente.

Homosexualidad

1. *¿Qué significa una conducta homosexual?*

Conducta homosexual es el contacto sexual y físico entre dos personas del mismo género, o sea, entre un hombre y otro hombre, o una mujer con otra mujer; contacto que por lo general deriva en la excitación sexual. Los homosexuales desean contacto físico con alguien de su propio género: El pensar o ver a alguien de su propio sexo a quien consideran atractivo puede excitarlos sexualmente.

2. *Temo que estoy enamorada de una de mis profesoras. El problema es que yo soy una muchacha y ella es una mujer. ¿Acaso el hecho de que ella me gusta tanto significa que me estoy volviendo homosexual?*

De ninguna manera. No es raro que las adolescentes sientan atracción hacia las mujeres y los varones hacia los hombres. Tal vez una de las razones para esto es que están tratando de liberarse de sus madres y padres, para lograr su independencia. Al mismo tiempo no se sienten muy seguros. Consecuentemente, hallan a un amigo de mayor edad, hombre o mujer, según el caso, quien por el momento toma el lugar de sus padres al punto de ofrecer respaldo, amor y ánimo, pero también permite que él, o la joven, logre cierta medida de independencia.

3. *Tengo un amigo a quien quiero mucho. Tenemos los mismos intereses y disfrutamos estando juntos. Pero ambos somos varones. Al estar tan cerca el uno al otro, ¿hay peligro de que nos volvamos homosexuales?*

La Biblia da muchos ejemplos de personas del mismo sexo que estaban muy cerca el uno del otro, como uña y carne. Piensa en David y Jonatán (1 Samuel 18.1-4; 20.17, 23, 40-42; 2 Samuel 1.26). David amaba a Jonatán «como a sí mismo», y Jonatán amaba a David. Hicieron el pacto de ser amigos para siempre. Pidieron a Dios que bendijera su amistad. Cuando tuvieron que despedirse por un tiempo, se abrazaron y lloraron. Pero no hay ninguna insinuación siquiera de que hayan sido homosexuales.

O considera la relación íntima entre Pablo y el joven Timoteo. O, incluso más sorprendente, la relación entre Rut y su suegra Noemí.

También es posible que una mujer tenga un amigo íntimo varón, y sin embargo que no haya nada sexual en la relación. Jesús evidentemente se sentía muy cerca de María y Marta y las visitaba a menudo.

En todas estas amistades no había una relación sexual. En su lugar, lo que los unía era el amor en su forma más verdadera.

De modo que, disfruta de la amistad con tu amigo. Acéptala como un don de Dios.

4. *Algunos de los muchachos en la escuela quieren tocarme cuando vamos al baño, quiero decir, en lugares en donde no quiero que me toquen. ¿Son homosexuales? ¿Qué puedo hacer?*

Tal vez no sean homosexuales. Algunos muchachos piensan que es gran cosa masturbarse el uno al otro. Otros simplemente tratan de humillar y abochornar a otros.

Pero, ¿qué hacer? Eso puede ser un problema real. He sabido de chicos que no se atreven a beber nada de líquidos durante el día, porque no quieren ir a los servicios sanitarios, sea por la razón que tú indicas, o debido a que el humo de la marihuana o de los cigarrillos es demasiado fuerte en esos lugares. Eso es difícil. Si tienes un profesor en quien confias y con quien puedes hablar, tal vez logres conseguir permiso para ir al baño durante el período de clase, cuando es más probable que los urinarios o inodoros estén desiertos. Y, ¿has hablado sobre el problema con tus padres?

5. *¿Nacen algunas personas homosexuales?*

El Dr. William Backus, un sicólogo cristiano en St. Paul, Minnesota, en *Telling the Truth to Troubled People* [Diciéndole la verdad a personas en problemas], afirma que muchos sicólogos opinan que la conducta homosexual es algo que se aprende. Si la persona es normal física y mentalmente, dicen que no hay evidencia que haya ninguna diferencia hormonal, de cromosomas ni orgánica entre el homosexual y el persona heterosexual.[2]

La homosexualidad no es nueva. Durante la era del imperio griego se la practicaba como una forma de control de la natalidad. Las familias en aquel tiempo trataban de limitar el número de hijos a dos, tres a lo máximo, posiblemente un segundo hijo, en caso de que otro hijo muriera. Para limitar el tamaño de las familias, las casas se construían con espacios

[2] Backus, pp. 244-247.

separados para los hombres y las mujeres. Al esposo se le permitía visitar el dormitorio de su esposa sólo en ciertas ocasiones. Para satisfacer su apetito sexual entre esas ocasiones mantenía muchachos que habían sido entrenados en la homosexualidad. Algunas veces este adiestramiento se daba en los gimnasios. A la entrada de muchos de ellos se podía encontrar un dios de la homosexualidad y era adorado por los muchachos del gimnasio. La homosexualidad para los griegos era una conducta aprendida.

6. *Mi papá dice que la masturbación puede hacer que la persona se vuelva homosexual. ¿Cómo sucede eso?*

Pensemos primero en cómo se forman los hábitos. Digamos que una persona se preocupa en extremo. Un amigo le da un tranquilizante. Sus sentimientos de ansiedad desaparecen. Se siente en calma, tranquilo y en paz. Es una sensación buena. La próxima vez que se preocupa, le pide a su amigo un sedante. Mientras más los usa, más lo desea. Si algo le da placer y le hace sentir bien, las posibilidades son que acudirá a eso más y más.

Ahora supongamos que un vecino, con quien a un muchacho le gusta estar y en quien confía lo empieza a acariciar sexualmente. El joven encuentra agradables esas sensaciones.

«¡Eso es bueno!» dice.

«Te enseñaré a hacerlo», replica el hombre. «Luego tú me lo haces a mí, yo puedo hacértelo a ti y tú también te lo puedes hacer».

El chico está encantado. Sus sensaciones aumentan. Empieza a masturbarse más y más. A medida que lo hace, piensa en su «amigo», y algunas veces se imagina que está con él. Se siente cada vez más cerca de él. Finalmente descubre que se siente más cómodo con hombres que con mujeres. El patrón que ha seguido se ha convertido en un hábito.

7. *¿Pueden los homosexuales cambiar?*

Si quieren hacerlo, sí. El apóstol Pablo se refiere a algunos cristianos en la congregación de Corinto que habían cambiado.

«¿No saben ustedes que los malvados no tendrán parte en el reino de Dios? No se dejen engañar, pues en el Reino de Dios no tendrán parte los que cometen inmoralidades sexuales, ni los idólatras, ni los que cometen adulterio, ni los hombres que tienen trato sexual con otros hombres, ni los ladrones, ni los avaros, ni los borrachos, ni los chismosos, ni los tramposos. *Y esto eran antes algunos de ustedes;* pero ahora ya han sido limpiados y consagrados a Dios, ya han sido librados de culpa en el nombre del Señor Jesucristo y por el Espíritu de nuestro Dios» (1 Corintios 6.9-11,VP).

También, *The American Journal of Psychiatry* [Revista Estadounidense de Psiquiatría] en su número de diciembre de 1980, publicó un artículo para dar a conocer el cambio en once hombres que una vez habían sido homosexuales, pero que dejaron de serlo después de haberse convertido en cristianos.

Pero el homosexual debe *querer* cambiar y debe estar dispuesto a cooperar con Dios en este proceso. El problema es que muchos homosexuales se sienten tan satisfechos y contentos con su vida, que quieren seguir así. Dios nunca se mete por la fuerza en ninguna persona. Esta debe estar dispuesta a cambiar, para poder experimentar la ayuda de Dios.

8. *¿Puede un homosexual cambiar súbitamente?*

Si la homosexualidad es una conducta aprendida, se la aprende en un período dado, entonces concluimos que olvidarla usualmente tomará tiempo. Es un proceso.

El primer paso es conseguir que la persona modifique sus criterios. Por lo general actuamos de acuerdo a lo que creemos. El Dr. Backus, en su libro menciona muchas creencias equivocadas que sostienen los homosexuales. Para que cambie, debe primero sustituir esos pensamientos erróneos y en su lugar aceptar las verdades de Dios. A continuación citamos unas pocas de estas creencias falsas. Probablemente tú has oído algunas de ellas. Como ejercicio, debajo de cada afirmación, escribe lo que enseña la Biblia.

- «Lo que te hace sentir bien es bueno».
- «Todo el mundo tiene una vida sexual gloriosa y libre, haciendo exactamente lo que le place. Es injusto que yo no pueda hacer lo mismo».
- «Los homosexuales que son fieles a sus compañeros sexuales son iguales a los heterosexuales que son fieles a sus cónyuges».
- «Es malo para mí si no expreso cualquier deseo sexual que pueda sentir. Me volveré neurótico si no lo hago».
- «Si no puedo tener ninguna relación sexual por un tiempo, me sentiré absolutamente miserable».
- «Yo no soy responsable por mi conducta. *Tengo* que hacerlo. No puedo soportar *si no lo hago*. Alguien *me obliga*.
- «Debe haber una cura milagrosa e instantánea para mis apetitos sexuales desviados o de otra manera no tengo ningún interés en cambiar».
- «Si Dios quería que yo fuera diferente, Él debería haberme hecho distinto de lo que soy».

Debe notarse que además de modificar sus creencias, la persona homosexual que quiere cambiar necesitará la ayuda experta de un asesor profesional. Muchas iglesias tienen asesores o consejeros en su personal o pueden referirte a uno de ellos que sea cristiano.

9. *¿Son los pecados sexuales los peores?*

El pecado es pecado. El pecado, independientemente de cuál sea, nos separa de Dios. Eso es lo que lo hace tan grave. Algunos actos pecaminosos pueden calificarse de «peores» debido a que afectan a otras personas, o sea, otros sufren a causa de nuestro pecado. Pero si el Espíritu Santo nos ha mostrado cómo son nuestros corazones separados de Dios, no menospreciaremos a nadie ni nos sorprenderemos por lo que una persona haga. Sabemos que todos somos capaces de hacer lo mismo.

10. *¿Puede una persona cometer pecados sexuales y todavía ser cristiana?*

Hagámonos esta pregunta: ¿Puede una persona cometer algún pecado y todavía ser cristiana? La respuesta, por supuesto, es que los cristianos, al no ser perfectos, pueden pecar aquí y allá, sea en relaciones sexuales ilícitas o por no perdonar a alguien o al engañar o descuidar la demostración de cariño o lo que sea. La pregunta que debemos hacer es: ¿Continúa expresa y conscientemente esta persona realizando este acto de pecado o quiere ser librada de ese pecado y coopera con el Espíritu Santo para conseguirlo? Los cristianos serán tentados tanto como cualquier otra persona. Lo que debe hacer diferente al cristiano es la manera en que responde a la tentación.

11. *¿Pueden las mujeres ser homosexuales también?*

Sí; se las llama lesbianas.

12. *¿Puede un homosexual casarse y tener hijos?*

Sí, pero tarde o temprano se desarrollará una tensión insoportable, de modo que tales matrimonios con frecuencia acaban rompiéndose.

13. *Estoy interesada en una carrera, pero tengo miedo porque he oído que la mujer típica profesional tiene tendencias lesbianas ocultas.*

Eso es completamente falso. La mayoría de las mujeres que tienen una carrera son felices, heterosexuales y normales. Muchas están casadas y tienen familias. Hoy día es posible tener tanto un buen matrimonio como una carrera satisfactoria, aun cuando esto exige planeamiento cuidadoso y disciplina.

14. *¿Puede un hombre que toca tu pene ser un homosexual?*

No necesariamente. Puede ser un hombre que se ocupa de masturbar a otros muchachos y hombres. En todo caso, yo le diría: «¡Fuera las manos de mi propiedad privada!»

Ultraje infantil

1. *¿Quién ultraja y abusa de los niños? ¿Los extraños que los atrapan en las calles?*

No. El ultraje infantil es más a menudo cometido por alguien a quien el niño conoce: un pariente, amigo o vecino. En los casos de incesto, en más de la mitad de las veces el ofensor es un padrastro.

2. *¿Qué puede hacer un muchacho para evitar que abusen de él?*

Aprender que está bien decirle no a un adulto. Si te sientes incómodo por la manera en que un adulto te abraza o te besa, resiste, dale un empujón para alejarlo de ti, y de ser necesario, grita y huye.

3. *¿Qué debe hacer una muchacha si el hombre de la casa en donde ella está cuidando niños llega y empieza a manosearla?*

Si él te maltrata o abusa de ti en cualquier manera, dícelo a alguien. No guardes secretos frente a tus padres. Si esto te ocurre, recuerda que no es tu culpa. Busca a alguien con quien puedas hablar en confianza. Saca de tu mente todo lo que te perturba. Pídele a Dios que cure tus recuerdos y que te ayude a perdonar al que te hizo daño.

4. *¿Por qué los muchachos o muchachas no lo denuncian?*

A menudo se sienten amenazados, de modo que tienen temor de decirlo. Algunos no quieren que nada malo le ocurra a la persona que los ha molestado. La mayoría de los adolescentes tienen emociones ambivalentes. Quieren decirlo, pero a la vez no. Algunos sienten vergüenza.

5. *Si un hombre te ofrece dinero a cambio de que le permitas tocarte, ¿qué es lo que realmente quiere hacer?*

Quiere tener relaciones sexuales contigo de una manera u otra y jugar contigo sexualmente según le plazca. ¡Ni siquiera te arriesgues a algo así!

Sexo oral

1. *He oído a los muchachos en la escuela que hablan sobre el sexo oral, pero creo que soy un tonto, pues no sé de qué están hablando. Me abochorna tener que preguntar. ¿Puede explicármelo?*

La palabra «oral» significa «boca». El sexo oral consiste en usar la boca para estimular los órganos sexuales de la otra persona.

2. *Algunos de los muchachos en la escuela practican el sexo oral. Dicen, ¿qué hay de malo en eso? ¿Acaso no es mejor que dejar encinta a la muchacha? Y no es coito, de modo que ¿qué hay de malo en eso? Sin embargo, todavía no me siento bien al respecto, pero no sé cómo responderles.*

Primero que todo, el sexo oral no puede practicarse sin que la muchacha o el muchacho revelen su cuerpo a la otra persona. Hay algo especial y hermoso acerca de esperar para mostrar el cuerpo a nuestro verdadero amor después de la boda. Mostrar mi cuerpo a varios rebaja el valor del regalo que es mío para darlo. Se convierte en un obsequio manoseado y usado. ¿No deberíamos querer conservar el obsequio de nuestro cuerpo para nuestro esposo o esposa?

Pero, incluso más grave que mostrar el cuerpo a aquellos con quienes no tenemos intención de casarnos, es el hecho de que el sexo oral tiene el propósito de producir orgasmo. ¿Cuál es la diferencia entre el sexo oral y el coito, aparte de que no se corre el riesgo de producir un embarazo? Cuando las personas que no están casadas entre sí ejecutan el sexo oral es simplemente otra forma de fornicación. La Biblia es muy directa para declarar que la fornicación es pecado. Busca estos versículos:

Marcos 7.21; 1 Corintios 6.13-20; Gálatas 5.19 ss; Efesios 5.3 ss; 1 Tesalonicenses 4.1-8; Hebreos 13.4; Apocalipsis 2.20.

Los jóvenes también tienen que saber que las enfermedades venéreas se pueden trasmitir mediante el sexo oral.

Otros temas escabrosos

1. *¿Por qué los hombres violan a las mujeres?*

En la mayoría de los casos una violación es un crimen de violencia e ira. Los hombres por lo general violan a las mujeres, no debido a que se sientan atraídos sexualmente por ella, sino debido a que están furiosos y quieren lastimar a alguien. Por eso atacan inclusive a ancianas. Las que son violadas no tienen por qué tener vergüenza o sentirse culpables, y deben informar del crimen de inmediato. Y si te atacan, nunca, nunca, jamás vaciles en decírselo a tus padres enseguida. También, debido a que la violación es un crimen de violencia, es mejor no resistir si el que te ataca está armado.

2. *¿Qué es un travestí?*

El travestí es un hombre al que le gusta usar ropa de mujer, bien sea una sola prenda, como por ejemplo un sostén, o el vestido completo, inclusive hasta el maquillaje. A los travestís por lo general no les gusta su propio cuerpo y les disgusta ser varones. Quieren vivir como las mujeres y tener relaciones sexuales con un hombre en la misma manera que lo haría una mujer. De modo que son diferentes de los homosexuales.

Algunos travestís van al punto de someterse a terapia de hormonas para hacer que sus pechos se desarrollen, su voz se vuelva más femenina y que su bigote se torne ralo y suave. Algunos, incluso, se someten a cirugía para que les eliminen el pene y les formen artificialmente una vagina.

3. *Leí de algunas mujeres que van a un médico para que les coloquen esperma. ¿De qué se trata esto?*

El doctor recolecta esperma del esposo y la coloca en la vagina de la mujer con un instrumento. Si la esperma encuentra un óvulo en la mujer, ella queda encinta. Algunas parejas que no han podido concebir hijos en la manera usual, tratan este método. Se le conoce como inseminación artificial.

4. *¿Crecen algunos bebés en tubos de ensayo o probetas, o qué quiere decir el término «niños de probeta»?*
Los médicos toman esperma del esposo y un óvulo de la mujer y los ponen juntos en un receptáculo. Si un espermatozoide se une al óvulo, toman este embrión y lo colocan dentro del útero de la madre con un instrumento, y el bebé crece dentro de la madre en la manera usual. Algunas veces esto funciona; a veces no.

5. *Yo pensaba que solamente las muchachas muy jóvenes se preocupaban por el peligro de ser violadas, pero he leído que violaron a una anciana. ¿Cómo puede ella ser atractiva para un joven?*

Se ha hallado que, casi siempre, la víctima del estupro o violación tiene entre dieciocho y veinticinco años, aun cuando ni las niñas ni las mujeres ancianas están inmunes.

El violador, típicamente, aun cuando hay siempre excepciones, tiene alrededor de veintiséis años, procede de un ambiente pobre de poca cultura. Algunas veces sufre de retraso mental, o tiene escasa inteligencia. Con frecuencia tiene padres inestables y en ocasiones el padre es alcohólico. La mayoría de los violadores proceden de hogares destrozados y han crecido con escasa disciplina. Están acostumbrados a apoderarse de lo que quieren, sea dinero, un automóvil, o una mujer. Por eso es que, por lo general, la violación es un crimen violento.

6. *¿Hay alguna conexión entre las fotografías pornográficas y la mala forma en que algunos actúan?*

El Departamento de Justicia de los Estados Unidos estudia la relación entre la pornografía y la conducta sexual errada. Pero el sacerdote franciscano Bruce Ritter, que da refugio en su Covenant House en Nueva York a los niños ultrajados, cree que hay una conexión directa. «La cosa intelectualmente más deshonesta que una persona puede decir», afirma, «es que no hay ninguna conexión entre la pornografía y el abuso y desviaciones sexuales».

Suzanne Danielson, que maneja los casos de abuso sexual para el estado de Louisiana, cree que la resistencia del niño queda rota cuando alguien le muestra fotografías o cuadros pornográficos. Si el niño o niña los ve en una revista, dice, puede querer hacerlo también.

7. *He oído que la gente que viola o abusa sexualmente de niños y niñas tienen el sexo demasiado desarrollado, y no pueden contenerse. ¿Es esto verdad?*

No. Simplemente usan sus impulsos sexuales en la dirección errada y abusan de ellos.

12 ❖ ¿CÓMO PUEDO HABLAR CON MIS PADRES SOBRE ESTAS COSAS?

Crecer no es fácil, ¿verdad? Tal vez te sientas como que no estás preparado para el futuro. O te preocupa la escuela y el hecho de que no eres popular. O, si eres una muchacha, tal vez te alarman los ataques sexuales en las calles.

Muchos de ustedes ya tienen formados sus valores; buenos valores, pero te preguntas si podrás ser capaz de ser fiel a tus convicciones. Algunos de ustedes se inquietan por la muerte. Otros dudan de si llegarán a ser algo en la vida. Algunos todavía tienen muchas interrogantes sobre el sexo. Y si has leído personalmente este libro, desearías poder hablar con tus padres acerca de algunas de estos temas. «¿Por qué mis padres se abochornan al hablar sobre el sexo?», preguntas.

En realidad no puedo contestar por tus padres, pero adivino algunas de las razones. No hace mucho en nuestra sociedad la gente no hablaba libremente sobre el sexo. Pensaban que era «sucio». Otros opinaban que era un asunto privado. Tal vez tus abuelos nunca conversaron con tus padres sobre cuestiones sexuales. Quizás pensaban que hablar del sexo significaba hablar acerca de la vida sexual *de ellos* y querían mantenerla como algo privado (lo cual es correcto). Tal vez no tenían la información apropiada y por eso sentían temor de que les hicieran preguntas que no podrían contestar. Cualquiera que haya sido la razón, ellos vacilaban.

¿Qué puedes hacer?

Puedes intentarlo así: «Mamá y papá, tengo algunas preguntas que son muy importantes para mí. Tal vez ustedes se sientan un poco abochornados cuando las oigan, así como yo estoy un poco avergonzado al preguntarlas, pero en realidad preferiría hablar con ustedes antes que con cualquier otra persona».

También puedes esforzarte en desarrollar una mejor relación con tus padres. En lugar de responderles gritando, o de arrojar las cosas con disgusto o de darles las espaldas y dejarles con la palabra en la boca cuando te corrigen, trata de decir algo así como : «Ahora lo comprendo. No les gusta que ponga el volumen de mi estéreo tan alto», o «Entiendo. Les gustaría que tuviera ordenado mi cuarto».

Si es posible, oblígate a decir: «Lo siento. Trataré en realidad de hacerlo mejor», y derretirás los corazones de tus padres. Si a eso añades un abrazo, *¡vaya!*

Si piensas que las críticas de tus padres son injustas y que ellos han entendido mal, díselo en un tono calmado y de respeto. Lo más probable es que ellos te respeten. Di: «Lo lamento» y negocia.

Esfuérzate mucho por no dar la impresión de que lo sabes todo. Si te metes en una situación en la cual piensas que *en verdad* lo comprendes mejor que tus padres (tales como, qué vestir), quizás puedes decírselo, pero, de nuevo, con respeto.

Y, ¿por qué no tratar de avanzar un paso más? ¿Has intentado alguna vez lograr que tus padres hablen de sí mismos, de sus sentimientos y emociones, sus preocupaciones, sus experiencias, etc., y realmente les has escuchado? Las siguientes son algunas preguntas que pudieran servir para empezar.

¿Qué les preocupa?

¿Qué les hace felices?

Si pudieran tener tres deseos, ¿cuáles serían?

¿Cómo se sienten ustedes al final de la jornada de trabajo?

¿Cómo se sienten al despertar?

Cuando piensan en nosotros, sus hijos, ¿qué es lo que nos desean? ¿Qué es lo que temen en cuanto a nosotros?

¿De verdad les gusta su trabajo?

Si pudieran vivir en cualquier lugar del mundo, ¿dónde les gustaría?

Si fueras un adolescente, empezando de nuevo su vida, ¿harías algo diferente?

¿Qué te gustaría cambiar en nuestra familia?

¿Qué es lo que más te gusta de nuestra familia?

No debes hacer todas estas preguntas al mismo tiempo. Más bien, desliza una, cuando puedas. Te prometo que hallarás cosas sobre tus padres que nunca supiste antes, y que empezarás a comprenderlos mejor. Y si consigues que hablen de estas cosas, es más que probable que te sea más fácil conversar con ellos también acerca de lo que tienes en tu corazón. Vale la pena intentarlo no sólo un «trataré de hacerlo una sola vez», a medias; sino un esfuerzo persistente, día tras día.

Algo más. ¿Qué tal un poquito de cortesía a la vieja usanza hacia tus padres: «Gracias», «Por favor», «¡Esa fue una comida excelente, mamá!». «Me gusta la forma en que asas el pollo, papá». «Te ves cansada. ¿Puedo terminar yo de pasar la aspiradora del polvo?» «Yo sacaré los platos de la máquina lavaplatos esta noche». «Si les parece bien espagueti, yo prepararé la cena».

¡No tienes ni idea de lo que eso hará por tus padres! Siempre ellos han pensado que ustedes son los mejores muchachos del mundo que cualquier padre pudiera tener. Ahora *lo sabrán*.

Todo esto acerca de lo cual hemos escrito es de lo que realmente se trata el amor. Como el apóstol Pablo explicó: «Tener amor es saber soportar; es ser bondadoso; es no tener envidia, ni ser presumido, ni orgulloso, ni grosero, ni egoísta; es no enojarse ni guardar rencor; es no alegrarse de las injusticias, sino de la verdad. Tener amor es sufrirlo todo, creerlo todo, esperarlo todo, soportarlo todo» (1 Corintios 13.4-8, VP).

Y cuando por fin te llegue el momento de recorrer el pasillo, o estar al frente esperando recibir a la que viene caminando por el pasillo hacia ti, descubrirás por ti mismo que es el amor lo que hace del acto sexual algo tan supermaravilloso y el hogar, un lugar feliz y seguro.

¡Feliz futuro, mi amigo o amiga! ¡Qué Dios vaya contigo!

13 ❖ AÑOS MÁS TARDE...

Magali a los veinticinco años

No sé por qué, Dios, pero aquí en la playa puedo pensar. Las olas lavan la arena, las gaviotas se mojan y después se remontan por el aire, nubes grises cargadas de lluvia avanzan por el horizonte, el viento me revuelve el cabello, finas gotas salobre cubren mi cara, todo esto me ayuda a aclarar mi mente atormentada.

Algunas veces, Padre, me siento abrumada porque mi vida parece ser muy compleja. Exigencia tras exigencia agobian mi vida. Pero dedicada como estoy a las vidas de otros, algo muy dentro de mí nunca me deja olvidar que yo también soy un individuo, un ser único dotado por Dios con ciertas capacidades distintivas, que se me han dado para que yo pueda contribuir de alguna pequeña manera a la felicidad y bienestar de otros.

También soy, y nunca dejo de asombrarme, tu hija, Padre. Te agradezco por el sacrificio de tu Hijo, el cual hizo posible esta relación. Esta relación centra mi vida, disipa la desesperanza, me da valor en el corazón y me da fe para creer que al final, todo resultará bien.

Sabes la preocupación que tanto me acosa en este tiempo, Padre amoroso, de cuándo encontraré el hombre con quien podré unir gozosamente mi vida. Algunas veces estoy ansiosa, preguntándome si no me casaré. Me pregunto si podré soportarlo. Pero tú me cuidarás también en esto, ¿verdad que sí, querido Dios? En la quietud de esta hora vuelve a darme esa seguridad.

De vez en cuando también batallo por sentirme realmente bien en cuanto a mi cuerpo, Señor. Me gustaría tener una mejor figura. Pero se me está haciendo más fácil aceptar la forma de mi cuerpo. A medida que me esfuerzo por disciplinarme y cuidar de mi cuerpo, ayúdame a no detenerme demasiado en este aspecto de mi vida. Y sobre todo, ayúdame a olvidarme de mí misma, para absorberme en alcanzar a otros.

Porque cuando le doy las espaldas al mar y miro hacia la ciudad, en donde las luces nocturnas empiezan a titilar, pienso en todos aquellos que te necesitan. Los presumidos y satisfechos de sí mismos que piensan que no te necesitan. Los frustrados y coléricos. Los solitarios. Los que constantemente son denigrados. Los niños de hogares destrozados. Los estudiantes confundidos en escuelas y universidades. Los estudiantes extranjeros que añoran su hogar. La gente olvidada. Los grupos minoritarios. Me preocupa, Padre. En verdad. Pero aun cuando mi corazón llora contigo, porque tantos millares están alejados de ti, sin embargo te agradezco que eres su Salvador, que los amas y te interesan.

Pero interesarse no es suficiente. Necesito oír tu voz para poder comprender lo que quieres que yo, como individuo, haga. No puedo hacerlo todo. Pero con tu poder capacitándome, puedo hacer lo que me pidas que haga. Por eso camino por la playa esta noche. Padre. ¡Háblame! Aclárame tu voluntad.

Entonces sabré que caminaré en los días futuros confiada en mi llamamiento, segura de que estás guiándome, fuerte en tú provisión, gozándome en mi privilegio, y serena en mi esperanza y mi ilusión.

Pedro a los veinticinco años

No puedo dormir esta noche. Mañana Catalina y yo uniremos nuestras vidas. El asombro y la admiración me invaden, querido Dios, al pensar en tu gracia al darme a Catalina como un don tuyo. ¿Alguna vez algún joven ha encontrado una joven tan dulce, cariñosa, comprensiva y gentil como yo la he hallado? No la merezco, pero te agradezco, querido Dios, por ella.

Tú has sido tan fiel y bueno conmigo. ¡Los años de adolescencia fueron tan difíciles! Primero, vino la agonía del terrible acné que fue una plaga para mí. Mi médico dijo que era uno de los peores casos que había visto. Intentamos todo lo imaginable, pero parecía que no servía de nada. Sufría cada vez que me miraba en el espejo.

Entonces llegó Rut, la pequeñita y preciosa Rut, que parecía que ni siquiera veía mi acné. De inmediato congeniamos. Siguieron dos años gloriosamente felices.

Debido a los medicamentos no podía estar al sol. Eso descartó todas las fiestas en la playa con la pandilla. También significó que tuve que abandonar el béisbol y el tenis en el verano. Y con mi espalda tan llena de erupciones no podía ni soportar el pensamiento de lanzarme de nuevo a la cancha de básquetbol. Pero a Rut parecía no importarle. Encontramos actividades para realizar juntos, nosotros dos, cuando no podíamos irnos con los demás.

Y luego, de súbito, mi mundo se derrumbó cuando Rut me dijo un día que había hallado a alguien a quien quería más que a mí. ¡No podía creerlo! La furia que había sentido cuando el acné no se curaba y el resentimiento que incubé cuando tuve que abandonar los deportes, estallaron en feroz fuego de ira. Tú recuerdas cómo fue eso, Jesús. Solo en mi cuarto, con la puerta echada llave, estallé y reventé. Golpeaba mi cama con mis puños crispados. Perder a la única muchacha que parecía haberme querido simplemente por lo que yo era, me parecía demasiado.

Todavía pienso que fue un milagro la manera en que me saliste al encuentro esos días. Una noche estuvimos en mi cuarto Tú y yo solos. Con lágrimas pude por fin entregarme a Ti, decirte que confiaría en tu poder sin importar qué ocurriera, que Tú y el hacer tu voluntad serían más importantes para mí que cualquier otra cosa. Me encontraste en ese punto. Todavía recuerdo el alivio que vino cuando sentí que me quitaban la carga que había estado llevando. Me sentí más ligero y feliz. La paz inundó mi corazón. El cambio fue tan fantástico que casi ni podía creerlo.

El siguiente día, ¿recuerdas?, gané un premio por haber sido el jugador de bolos más destacado de la clase. Si hubiera recibido ese premio antes, todas mis ambiciones anteriores de sobresalir en los deportes me hubieran atrapado. Pero según ocurrió todo, aun cuando me alegré de haber obtenido el trofeo, eso no me dominó. Tú, Jesús, estabas en el control de mi vida.

Y luego trajiste a Catalina a mi lado. Mi querida, querida Catalina. Cuando la conocí me sentí muy contento de que Rut y yo, a pesar de haber sido muy buenos amigos, nunca «fuimos hasta el final del camino».

Al mismo tiempo empezaste a darme un sentido de dirección para mi vida. Más años de estudios me quedan por delante. Pero Catalina me asegura su leal respaldo. Quiero que ella sea feliz también, Señor. Quiero que ella desarrolle y use al máximo los talentos y capacidades que tú le has dado.

Al yacer aquí acostado, esta es la última noche como hijo soltero en la casa de mis padres, quiero agradecerte por ellos también, querido Dios, por su amor y respaldo. Gracias por sentirnos muy cerca el uno del otro. Gracias por todos los buenos tiempos que hemos pasado juntos.

Gracias, también, por los padres de Catalina. Estoy muy contento de que nuestras familias tengan los mismos valores.

Me pregunto qué tendrán para nosotros los años venideros y a dónde nos guiarás. Me pregunto cuántos hijos tendremos y cómo serán ellos. De alguna manera no puedo estar preocupado por el futuro esta noche. Tu presencia conmigo aquí, junto a mi cama, es muy real para mí, Jesús. Siento como si casi pudiera extender mi mano y tocarte. Contigo sosteniendo mi mano, ¿quién puede tener miedo?

Toma nuestras vidas, Jesús. Que ellas sean derramadas en amor por ti y por otros que te necesitan. ¡Qué grande *gozo es* andar contigo y hacer tu voluntad! Gracias, Jesús. Gracias.

La autora

MILDRED TENGBOM nació en Minnesota, pero ha vivido no sólo en muchas partes de los Estados Unidos y Canadá, sino también en varias partes del mundo. Cuando tenía quince años el Señor despertó en ella la fe en Él y después, poco a poco, obró una disposición para entregarle a Él su vida. Esto le exigió abandonar su sueño de una carrera como escritora. En lugar de ello, fue como misionera a las fronteras de Nepal. De regreso a los Estados Unidos, en goce de licencia, conoció y se casó con el Dr. Luverne C. Tengbom y tres años más tarde, con dos hijos, la familia fue a Tanzania, África Oriental. Después de diez años de ministerio allí, regresaron a los Estados Unidos. Entonces ella empezó a tomar cursos sobre cómo escribir. Ha publicado artículos en más de cincuenta periódicos y ya es la autora de diecisiete libros. También habla con frecuencia en conferencias por toda la nación, en retiros y seminarios. Además, ha servido en las juntas administrativas nacionales de su iglesia. Asignaciones de estudios y de escritura la han llevado a países de Europa, África y el Oriente. Aparece en la lista de *Personalidades del oeste y del medio oeste,* en *Quién es quién de autores y escritores internacionales* y fue una de las quince seleccionadas de entre dos mil quinientos para asistir al Taller de trabajo para escritores de Guideposts. Sus artículos sobre soldados desaparecidos en acción y prisioneros de guerra fueron incorporados a los Registros del Congreso y su libro sobre Clara Maass ha sido colocado en las bibliotecas militares. Tres de los cuatro hijos de los Tengbom están en seminarios, preparándose para vocaciones cristianas. Con los hijos ya fuera del hogar, los Tengbom han regresado al servicio misionero, esta vez en Singapur.

Notas ✍

Notas ✍

Notas

Notas ✍

Notas ✍

Notas ✍

Notas ✍

Notas ✍

Notas ✍

Notas ✍

Notas ✍

Notas ✍